CRISIS

公安機動捜査隊特捜班

小説／周木 律
原案／金城一紀

角川文庫
20252

1

二〇一X年。東京都某区、某所――。

霞《かすみ》がかった空。乱雑に家々が建ち並ぶ住宅街。その隙間を縫うように行き交う人々。そのすべてに心なしか青みを帯びた生暖かいヴェールが覆う、静かな春の午後――。

細い路地の突き当り、ひっそりと佇《たたず》む昭和のアパート、その分厚いカーテンが閉じられた狭く暗い和室で、明かりも灯《とも》さないまま二人の人物が対峙《たいじ》していた。

ひとりは、正座の青年。

若い、大柄な男だ。律儀に背筋を伸ばし、目を閉じている。真四角の顔は浅黒く日焼けし、極太のマジックで線を引いたような眉《まゆ》が、精悍《せいかん》な顔つきにも一途さを加えている。盛り上がった青いチェックのシャツとジーンズこそが、彼の、日々の鍛錬の証拠か。

もうひとりは、胡坐《あぐら》をかいた人物。

群青色のジャケットは、サイズが合っていないのか、ぶかぶかだ。黒く不透明のサングラスを掛け、顔の下半分いっぱいをマスクで覆っている。しかも、あきらかにそれとわかる、マッシュルームカットのかつらまで被《かぶ》っている。見るからに不審なその人物は、小柄で、決して威圧的ではないのだが、それでいて奇妙な——あるいは一種のカリスマ性とでも言うべきか——独特のオーラを纏《まと》っている。

二人は、無言だった。

だが、無音ではない。

背後には終始、クラシックが滔々《とうとう》と流れていた。何も物がない六畳一間にただひとつだけ置かれた古いラジカセの、その中央で静かに回る昭和の遺物のようなカセットテープが再生する、威風堂々たる曲は——。

リヒャルト・ワーグナーが作曲した祝祭劇『ニーベルングの指環《ゆびわ》』の第一日『ワルキューレ』第三幕。その冒頭を飾る、有名なテーマ——『ワルキューレの騎行』だった。

二人が面会するとき、サングラスの人物が必ず聞いているこのメロディ。心の奥から正義と勇気が溢《あふ》れ出すような、勇壮な曲調。サングラスの人物だけでなく、その薫陶を受けた青年もまた、心から愛して止まない一曲だった。

ひととおり曲が終わると、青年はゆっくりと目を開け、ふーっと鼻から息を吐いた。

と、同時に、サングラスの人物もまた、静かに口を開く。

「倉橋《くらはし》くん、すべては君たちの働きに掛かっているのだよ」

奇妙にくぐもった、異様な声だ。そういう声をわざと発しているのか、それとも、マスクの裏に変声機でも隠しているのか。

「失敗は許されないぞ。これは……聖戦なのだからな」

「ええ、わかっています」倉橋と呼ばれた青年は、そんな声質など当然のことと意にも介さず、大きく頷《うなず》いた。「失敗などしません。なぜなら俺たちは、この日のために長い時間を掛けたのですから」

そう——この、綿密にして精緻《せいち》、だが大胆な計画。

秘密裏に武器を用意し、また自らを武器とすべく外国での厳しい訓練にさえ耐えたのだ。

「聖戦に失敗の二文字はあり得ません。安心してください。そのために用意周到な準備をしてきたのです。必ずや、この作戦を成功に導いてみせますよ……坂東《ばんどう》先生」

低い声は、強固な意志を表すもの。にもかかわらず無謀さを仄《ほの》かに感じるのは、その声色に、幼い倍音が多く含まれているせいか。

それでも、力強い視線を送り続ける倉橋に、坂東先生と呼ばれたサングラスの人物は——。

「うむ」と小さく頷いた。「……くれぐれも頼むぞ。日本の平和な未来は、君たちが背負っているのだから」

そう。君たち、志ある十三人の若者が──。

──オートリバースで、再び、『ワルキューレの騎行』のイントロが始まる。

マグマのように、身体の芯《しん》から興奮と情熱が湧き上がるのを感じながらも、青年は再び静かに目を閉じ、その熱を力に変えるべく、長い深呼吸を幾度も繰り返すのだった。

2

カンカンカンカン──。

幾つもの靴音が、長く暗いトンネルを駆け抜けていく。

春だというのに、芯まで染み入るように寒く、午後三時だというのに、手元の明かりがなければ何も見えないほどに暗い。その上、手を伸ばせば天井まで届いてしまいそうなほどに狭く、足元にはいくつも水溜《みずた》まりがあって、何もかもが黴《かび》臭い。

そんな閉塞《へいそく》したトンネルを、疾風のごとく駆け抜けるのは──男四人に女が一人、計五人の彼ら。

「……本当にここなんですか？」フラッシュライトを手に先頭を走っていた男が、一《いっ》旦《たん》足を止め、四人を振り返る。

青いスーツを着てはいるが、ネクタイはしていない。色の濃いシャツをラフに着こなした、茶目っ気のある表情の男の名は――稲見朗《いなみあきら》。

三十代前半の巡査部長で、元自衛隊の経歴から、『特捜班』では何かと「鉄砲玉」のような役割を果たすことが多い彼は、フラッシュライトを隙なく四方八方へと走らせつつも、疑わしげに目を細める。「もう随分来ましたけど、合ってるんですかね」

「信頼できる筋からの情報だ。間違いない」追い付いた四人の最後尾。稲見に「班長」と呼ばれた男が頷く。

吉永三成《よしながみつなり》。グレーのスーツに、黒いネクタイ。この特捜班ではもっとも年上、間もなく五十かと思しき吉永は、捜査一課での現場経験が長い海千山千の警部にして、一癖も二癖も、いや百癖もあるメンバーを率いる班長である。

吉永の言葉に、稲見がその横に立つ背の高い男をちらりと見た。「その筋って、もしかして、田丸《たまる》さんのお知り合い？」

「………」無言のまま、にやりと口角だけを上げたのは、巡査部長である田丸三郎《さぶろう》。公安叩《たた》き上げの彼は、若々しい顔つきに、すらりとした体形、黒のスーツに黒のネクタイがピシリと決まった、四十路の声を聞いたとはまず思えない男だ。

肩を竦《すく》めつつ、稲見は、フラッシュライトとともに上を向いた。「ところで、ここってどこいらへん？　東京タワー？」

神宮外苑《じんぐうがいえん》の脇に、下水道のマンホールと一緒にひっそり作られた、地下道への入口。そこから地下に降り、かなりの距離を走ったが、ここはどこなのか。

「永田町《ながたちょう》よ」稲見の問いに、女が即答した。「あたしたちの平均速度はだいたい時速十三キロ、トンネルに入ってから十四分だから、距離は約三キロメートル。神宮外苑から東にそれだけ進めば……」

「永田町か。さーすが大山《おおやま》ちゃん」

「馬鹿にしてんの？」黒のパンツスーツに、トートバッグ。いつものスタイルでぷくっと頰を膨らますのは、大山玲《れい》。特捜班の紅一点である彼女は、まだ二十代前半の若き巡査部長にして、その正体はわが意のごとくにシステムを操る天才ハッカーである。

「まさか。尊敬してるんだよ」

「そうは聞こえないけど？　っていうか一度言いたかったんだけど、あんたさー」

「まあまあ二人とも。落ち着いて、落ち着いて」両方の手のひらを見せつつ、笑顔とともに間に入るのは、四人目の男。

「でも樫井《かしい》さん、こいつ、いつも酷《ひど》くない？　テキトーすぎるし」

「うん。大山さんの気持ちはわかる。よーくわかる。稲見くんはいっつもいい加減だからな。でも今は任務の真っ最中。だから揉《も》めるのも、後」

「……………」

不承不承、引き下がる大山を見て、再びにこりと微笑むのは、樫井勇輔《ゆうすけ》。見てくれは三十代後半、どこにでもいるような風貌《ふうぼう》のごくごく普通の巡査部長にして、その実は、かつて第八機動隊爆発物処理班に所属していた、爆発物と毒物の専門家《スペシャリスト》である。

「それに、俺らが喧嘩《けんか》しなくったって、代わりにやってくれてるよ。上でね」

「あー、国会ね」稲見は、ポンと手を打った。

永田町には、日本の中枢、国会議事堂がある。今は通常国会の真っただ中にあり、まさに多くの議員が喧々諤々《けんけんがくがく》議論を重ねているのだ。「大臣、今ごろ財務委で滅多打ちかな」

今国会は、日米関係を強化する有事特別措置法、通称「特措法」の審議で紛糾していた。

対米関係において重要な法案成立を賭《か》け、与野党が真っ向から対立を続ける中、突如降って湧いたのが、現財務省事務次官の不祥事であった。

すなわち、財務省が権限を持ったばこ販売事業の許可に、現役の財務次官が口を挟み、その見返りに多額の金品を受け取ったのではないかという疑惑。その責任を問われ、財務金融委員会で大臣が連日滅多打ちに遭っているのだ。本来は小粒な不祥事だが、野党が特措法の成立を阻止せんと、ここぞとばかりに針小棒大に取り上げているのである。

「馬鹿よねー。ただでさえ荒れてるのに、こんな大事な時期に、つまんないことで火に油を注ぐんだもん」

「自業自得だ」淡々と、田丸が言った。「どうせ口利きは財務大臣の指示だ」

「官僚はただのスケープゴートってわけ？　しょーもな」大山が肩を竦めた。「だから嫌なのよ、こんな国」

「だがお陰で政府は右往左往だ」吉永が言った。「国会を野党に荒らされ、特措法の法案まで阻止されれば、国際関係にも関わる」

「ふーん。ま、どっちにしても俺らにはあんまり関係ない話かな」

「そうでもないよ？」樫井の言葉に、大山が応じた。「特措法にはNシステムの拡充も盛り込まれてる。警察だって他人事《ひとごと》じゃない」

「へー初耳。じゃ成立したほうがいいのかな」

「そうよ。もっとも、汚い政治家様のせいでご破算になりそうだけど」

汚《きったな》い、のところを苦々しげに強調した大山を、田丸が「まだ若いな、大山は」と苦笑した。「政治家に清廉潔白を求めることに、端《はな》から無理がある」

「そうそう」稲見も言う。「汚くない政治家なんて、空想上の存在。まさしくフェアリー・テイルってもんだよ」

「フェアリー？　何それ」

「おとぎ話《fairy tale》さ」田丸が補足した。

「あー、おとぎ話ね」大山は、けらけらと笑った。「妖精《fairy》の尻尾《tail》のことかと思った」

「それはテイル違いだね」稲見が、発音の違いを正す。「尻尾《tail》と物語《tale》」

「無駄口はそれくらいにしろ。……行くぞ」吉永が促すと、その一言で特捜班はすぐさま緊張を顔中に漲《みなぎ》らせ、前を向き、歩を進めていった。

――だが、続くのは相変わらず、代わり映えのしない、暗くて長いトンネルだ。

「班長？」

「どうした、稲見」

先頭の稲見が、フラッシュライトで前方の暗闇を警戒しつつも、背後にいる吉永に尋ねる。「やっぱりずーっと同じ一本道なんですけど、本当にこの道って……」

合ってるんですかねえ――と稲見が、訝《いぶか》しげに先刻と同じ疑問を口にしようとした、まさにそのとき。

――道が突然開けて、広い場所に出た。

東京の地下とは思えないほど広々とした空間。壁も床も岩をくり抜いただけの荒削りだが、天井は高く三メートルほどある。一か所、明かり取りの隙間もあって、そこからは天からの梯子《はしご》のごとく、一筋の光が差し込んでいた。

「……合ってた」

「防空壕《ぼうくうごう》跡だ」エコーが掛かった声色で呟《つぶや》く稲見の横で、吉永が静かに言った。「戦時中に造られた、地図にも載らない、忘れられた場所さ」

「マジっすか」

「うちのオフィスより広いな」樫井も感心したように言う。

「ここから先はどうしますか、班長」田丸が、空間の奥に覗《のぞ》く、さらなるトンネルに目を凝らした。「三つの道がある」

「あ、ちょっと待って」そう言うや、大山が、フラッシュライトを口に咥《くわ》え、素早くトートバッグからノートパソコンを取り出した。

意図を察した樫井が、大山の代わりにキーボードの周辺を照らすと、大山は、素人には意味不明な文字の羅列を見つめながら、超絶技巧《ヴィルトゥオーソ》のピアニストも顔負けの流れるようなブラインドタッチで、ぴったり十秒後、画面上にひとつの地図を表示した。

「右は外に出ちゃうし、左はすぐ行き止まり。正解はたぶん、真ん中ね」

「それ何？」

「東京の地下図」

横から覗き込む樫井の問いに、大山はなおも画面を見つめたまま、ぞんざいに答えた。

「そんなのあるんだね。どこ情報？」

「防衛省。前に仕込んでおいたウィルスでデータを引き出した」

「ハッキングしたのか。やるなー」ヒュー、と口笛を吹く樫井。

田丸が、真ん中の道に目を細めながら言った。「この向こうに、アジトがあるんだな」

「そうだと思う」大山が、ノートパソコンを閉じつつ頷《うなず》いた。「でもさー、ここってただの廃墟《はいきょ》、ってか洞窟《どうくつ》だよね？　こんなとこに連中が情報をやり取りしているアジトがあるなんて、ほんまかいな。アジトどころか、人がいる気配も……あっ！」

大山が、気づいた。

と同時に、特捜班の全員も、気づいた。

突然、左のトンネルから、頭から足先まですべてが黒い衣装の男たちが五人現れたことに。そして、異国の言語──たぶん中国語──で二言三言、短い言葉を交わすと、すぐに敵意に満ちた視線とともに、全員、刃物を取り出し特捜班に向けたことを。

「ほんまやったね」樫井が、嬉《うれ》しそうに呟いた。

＊

公安機動捜査隊特捜班――通称「特捜班」

警視庁公安部に所属する、凶悪事件の初動捜査を担当する特別チーム。日本の国体を脅かす集団の摘発、逮捕から制圧まで行うスペシャリスト――といえば聞こえがいいが、その実態は、能力はありつつ組織に馴染《なじ》まなかった一癖も二癖もある人材を寄せ集めた、言わば愚連隊である。

もっとも、実力は折り紙つきで、さまざまな事件、特に種々の事情で表に出せないようなものを、これまでいくつも解決してきたことで、組織の中ではつとに知られていた。

そんな彼らの任務は、ただひとつ。国を脅かすテロの発生を未然に防ぐことである。だからこそ、今日のような仕事もしばしば舞い降りてくるのだ。すなわち――永田町を脅かす中国籍スパイ組織を摘発、壊滅せよというような任務も。

「あいつらですね。議員《せんせい》を脅迫してるっていう不埒《ふらち》な輩《やから》は」

「議員《せんせい》じゃない。議員《せんせい》がただ」稲見の言葉を、すぐさま田丸が訂正した。

「あー、そうでしたね」稲見が肩を竦《すく》めた。「秘書のインサイダー取引。身内の犯罪揉《も》み消し。当の議員《せんせい》の下半身関係。なんでも連中の飯のタネ」

叩《たた》いても埃《ほこり》の出ない政治家など、この国ではまさしくおとぎ話《フェアリー・テイル》である。

稲見は吉永を振り返り、言う。「さて、やっちゃっていいっすかね？　班長」

「ああ。存分にやれ」稲見の言葉に、吉永は即座に頷いた。「1《ワン》オン1《ワン》だ。力を試せ」

その指示を受け、特捜班は全員、構えを作る。

暗闇の中——防空壕跡を、一筋の光のみが照らし出す。

特捜班の前に居並ぶは、黒い服装の男たち。全員が何かしらの刃物を構え、目をぎらつかせている。拳銃《けんじゅう》も持っているのだろうが、使おうとしないのは跳弾を恐れてのことか。

端にいる一際小柄だが、リーダー格と思われる目付きの鋭い男が、小声で言った。

『……杀』

その一言に、稲見は、横で構える田丸に緊張が走るのを感じ取る。

公安プロパーの田丸は、東アジアの言語のプロだ。稲見にはもちろん、男たちが交わす言葉は理解できないが、田丸の表情から、間違いなく不穏なことを言ったのだと感じ取った。だが——。

「……望むところさ」だからこそ、稲見の闘志は燃え上がる。下唇を舐《な》めると、稲見は背広の下に隠していた警棒を取り出し、一振りした。

ジャキッ、と心地よい手応《てごた》えとともに遠心力で伸びる警棒。

その音が合図になったのか、男たちが、襲い掛かってきた。

＊

稲見が対峙《たいじ》するのは、中央にいた俊敏な男だった。

ナイフの使い手と思われる男は、アーミーナイフの刃を上向きに、素早い動きで正確に、一片の躊躇《ためら》いもなく稲見の喉《のど》を突く。

その動きはまさに、フェンシングと同じもの。正対する相手から見て、自分の面積をできるだけ小さくまとめ、攻撃が被弾するのを防ぐ合理的な所作だ。修羅場において必要なのが必殺の一撃であることをよく知り尽くした、百戦錬磨の動作——だが。

「残念。俺も、現場が庭なんでね」

にやりと笑うと、稲見は警棒の両端を縦に持ち、素早くブロックした。

カツン——金属がぶつかる甲高い音とともに、行き場を失ったナイフが横に逸《そ》れる。

その瞬間を逃さず、稲見は突き出された男の右手に、左手を巻きつけ固めると、男の横腹に警棒で一撃を入れた。

鳥の鳴き声のような呻《うめ》きとともに、男が苦悶《くもん》の表情を浮かべる。

その瞬間を逃さず、稲見は素早くナイフを奪取《ディスアーム》する。

一瞬で武器を奪われた男は、勢いのままにつんのめるが、しかしすぐ稲見に正対すると、懐に右手を差し入れた。

拳銃か？　稲見は緊張に身体を強張《こわば》らせる。だが男は、一秒逡巡《しゅんじゅん》、銃は取り出さず、ファイティングポーズを取る。

銃を使えば仲間に被害が出る。それを避けたのだ。

「いい心掛けだぜ」その態度に敬意を表し、稲見もまた、ナイフと警棒を捨て、拳《こぶし》を握る。

修羅場における、言葉が伝わらない者同士の極限の以心伝心。にやり、と笑うと、男は——。

『ハ！』稲見の顔に、閃光《せんこう》のごとき右ストレートを放った。

その右手を掻《か》い潜《くぐ》り、男の腹の下へ。そのまま稲見はアッパーカットを突き上げる。

しかし男は易々とスウェーし攻撃を回避、そのまま稲見の足首に左足で足払いを入れた。

「わッ！」顔から地面に倒れこむ稲見。その顔面を逃さず、男が放つローキック。

だが、男が軸足を入れ替える一瞬の隙に、稲見は身体を横転。キックを躱《かわ》すと、仰《あお》向《む》けからブリッジ、すぐさま反動で起き上がる。「はは……やるじゃん」

そんな一言を吐く暇もなく、男は偃月刀《えんげつとう》を思わせるハイキックを稲見の顔目がけ放つ。

だが、稲見は読んでいた。

身体を屈《かが》めると、紙一重で剃刀《かみそり》のごとき足先をすり抜けると、男のがら空きになった背後に回る。慌てて振り返りジャブを繰り出す男のその左腕を、今度は右手で巻き込むようにして摑《つか》むと、稲見は体重を掛け、男の肘関節《ちゅうかんせつ》を逆方向に折り曲げた。

ゴッ、と橈骨《とうこつ》が砕ける鈍い音とともに、男が低い呻きを漏らす。

「悪いな。これも仕事だ」苦悶の表情を浮かべる男の左腕をさらに捩《ね》じ上げると、稲見は男の背後から全体重を掛け、思い切り男を地面に押し倒した。

再び、喉の奥から絞り出すような、苦しげな呻き。

頭を強打し、もはや男は意識が朦朧《もうろう》としている。稲見は腰の手錠を外すと、後ろ手に回った男の両手首を、冷たい鉄の錠で悠々と連結した。「はい、一丁上がり」

さて、皆はどうなった？——振り返った稲見の眼前に、青龍刀《せいりゅうとう》が一閃《いっせん》。

「うわッ！」ひらりと躱す稲見。「あっぶねーな」

だが、青龍刀を薙《な》いだ当の男は、別の相手と対峙していた。

田丸だ。稲見は膝《ひざ》についた埃を叩きつつ、田丸に声を掛ける。「加勢します？」

「大丈夫だ」冷静に答える田丸。

「へー。じゃ、お手並み拝見」稲見は、腕を組んだ。

田丸の相手は、大柄な青龍刀の使い手だった。男は、『オウ!』と腹に響く声とともに、力任せに刀を振り下ろす。

ブォン、と刃が空気を切り裂く。もちろん田丸は、それを涼しい顔で避《よ》ける。大振りで重い刀は軌跡が読み易く、田丸ならば最小限の動きで躱せる技術がある。

とはいえ、力自慢の男が振り回す青龍刀は、田丸に反撃の機会をなかなか与えない。刃を見切り、紙一重で避け続ける田丸だったが、一方では徐々に、少しずつ壁際に追い詰められているのもまた事実。

やがて、田丸の背に壁が付く。

男が、にやりと笑う。『没有退位』

『是的』肩を竦めた田丸に、男は、舌なめずりをしながら青龍刀を大きく振り被《かぶ》った。

だが——。

ビカッ!

一瞬、閃光が煌《きら》めいた。予期していた稲見ですら思わず目を細める強烈な光は、田丸が男の顔目がけて照射した、フラッシュライト。

そして、男が怯《ひる》んだ、その刹那《せつな》。

気付けば男は、今しがた追い詰めたはずの壁に、逆に顔を押し付けられていた。いつの間にか青龍刀も奪取《デイスアーム》され、無防備になった両手を、すでに背後で手錠に繋《つな》がれている。

田丸に肘《ひじ》で首筋を圧迫されていた男は、何とかして逃れんとしばしもぞもぞともがいていたが、やがて、だらんと弛緩《しかん》し、崩れ落ちた。

「……お見事」パチパチ、と稲見は小さく拍手しつつ、仲間たちの戦果を振り返る。

案の定、そこには残る三人の黒ずくめの男たちが、三者三様で伸びていた。

「全員、怪我はないか？　大山は？」吉永が、手を叩きながら声を掛ける。

「もちろん」けろりとした顔で、大山がガッツポーズを取った。「このくらいなら、あたしでもやっつけられます」

「じゃあ全員無事だな。さて……」一瞬、ほっとした内心を表情に出した吉永だったが、すぐさま剣呑《けんのん》な皺《しわ》を眉根《まゆね》に寄せた。「どう考える？　アジトは真ん中の穴の先にあるにもかかわらず、こいつらは左の穴から来たことを」

「左って、すぐ行き止まりじゃなかったっけ？」

「自分たちで穴を掘り進めたのかも」稲見の疑問に、大山が答える。「でも、だとするとどっちにアジトがあるかわからない」

「とりあえず行ってみりゃわかるんじゃないかな。えーと……たぶんこっち？」

「まあ待て稲見」足早に真ん中を進もうとする稲見を、静かに吉永が制した。「間違ってたら連中に逃げる時間を与えるだけだ。ここは聞いてみるのが一番だ」

「聞いてみる……？」

吉永は、転がる男たちの顔を順繰りに見回した。「……なんだよお前ら、皆《みんな》して手加減ってものを知らんなあ。意識が残ってるのは、俺が相手した奴だけじゃないか」

こういうときはな、意識を首の皮一枚繋げといてやるもんだ——そう言うと吉永は自分が倒した男の傍にしゃがみ、まだ呻いている男の顔を見た。

悔しさからか、威嚇するような視線を返す男に目を細めつつ、吉永は言った。「田丸。こいつに聞いてくれ。『仲間は左か？』」

『你老乡去了吧？』すぐさま、田丸が訳した。

一瞬、目を泳がせた後、男は答えた。『……我不知道』

「左だな。素直な子だ」満足げに言うと、吉永は立ち上がりざま、男のみぞおちに一撃、あっさり男を失神させた。「首を落とすのはすべて終わった後だ。お前らもよく覚えとけ」

「さっすが班長」

「おちゃらけるな、稲見。……行くぞ」

稲見を窘《たしな》めつつ、吉永は、事もなげに左の通路へと歩いていった。

その背に向かって、樫井と大山は感心したように顔を見合わせた。

「武士《もののふ》ですなあ」

「武士《もののふ》ですねえ」

＊

地図上ではすぐ行き止まりのはずの左の通路は、どこまでも続いていた。

「やっぱりあいつら、地下道を拡張してやがったんだな」稲見は、虚空にフラッシュライトを当てながら言った。「でもこれ、どこまで続くのかな」

「さあな」田丸が、興味もなさそうに答える。「だが、退《ひ》く手はない」

確かに、どこまで続こうが、今は進むのが任務である――と、そのとき。

「あっ、あそこ！」樫井が、目を細めつつフラッシュライトを行く手の一点に照射した。

岩肌も露《あら》わな地下道の壁を背に、誰かが座り込んでいる。

グレーのスーツ姿の男。顔を伏せ、低く呻いている。

敵か？　再び緊張が特捜班に満ちる――だが。

「待て」特捜班を制しつつ、吉永が声を掛ける。「お前、誰だ？」

男が、顔はなおも伏せたまま、よろよろと右手を上げる。「た、助けてくれ」

「日本人だな。どうしてここにいる」

「な……内偵していた」

「……内偵？」訝《いぶか》しげに片目を細める吉永に、男はゆっくりと顔を上げる。

四角い輪郭の顔に、一重瞼《まぶた》の細いが鋭い目つき。髪に白いものが交じり始めているから、年齢は四十くらいだろうか。顎《あご》に無精髭《ぶしょうひげ》を生やした男が、再び呻《うめ》きながら言った。「しくじった。部下が……部下がまだ向こうにいる」

「待てよ、お前……」吉永の横で、田丸が男に問う。「妹尾《せのお》か？」

妹尾と呼ばれた男は、フラッシュライトに目を細めつつ答えた。「お前は……田丸か？」

「知り合いか？」

「ええ」吉永の問いに、田丸は頷《うなず》いた。「妹尾克彦《かつひこ》。所轄と、公安でも一年一緒に仕事した同期です。今年からは捜査一課《いっか》だったかと」

「てことは、俺と入れ違いか……」吉永が溜息《ためいき》を吐く。特捜班の班長を拝命する前、吉永は捜査一課の刑事だったのだ。

しかし、どうして捜査一課《いっか》の刑事がここにいるのか？

妹尾が、荒い息を吐きながら言った。「助けてくれ。俺の部下が連れていかれたんだ」

「捜査中だったのか？」

「ああ」吉永の問いに、身体を起こすと、口元の血を拭《ぬぐ》い、妹尾はようやくしっかりした口調を取り戻す。「中国人強盗団の内偵だ。だが下手を打った」

「……強盗団？」稲見が、田丸と訝しげな視線を交わす。

その言葉は、捜査一課、つまり刑事部が、あの連中を中国籍スパイ組織ではなく、ただの強盗集団だと認識していることを意味する。だとすれば――。

「連携がなってないな」吉永が、眉《まゆ》を顰《ひそ》めた。公安と刑事、上層部で連携が取れていないから、捜査がバッティングしているのだ。情報が曖昧《あいまい》なままに。

脇腹を押さえ、顔を顰《しか》めて立ち上がろうとする妹尾に、吉永が問う。「どこに行くんだ」

「この奥だ。部下を助ける」

「何人いるんだ？」

「一人だ」妹尾は、深い深呼吸を一回してから、答えた。「だが腹心だ。見捨てられん」

妹尾の言葉に、目配せを交わす特捜班たち。彼らの考えは、すでに共有されている。

吉永が言った。「俺たちも同行する。いいな？」

もちろんだ、頼む――そう言ってから妹尾は、今さら訝しげに問うた。「ところでお前たち、何者だ？　田丸がいるってことは……公安か？」

「ああ。特捜班だ」

「特捜班？　……本当か？」妹尾が、細い目を見開いた。「噂には聞いていたが、お前らがそうなのか」

「そう。だから得意なんだよ。こういう荒事は」稲見が歯を見せながら言った。

一拍置くと、妹尾は溜息を吐くように言った。

「……ありがたい」

――妹尾を先頭に、特捜班が通路を進んでいくと、ほどなくして、道は突き当たった。

天井には地上へと繋がる大きな通気口が開き、そこを塞《ふさ》ぐ鉄格子の向こうから、淡い日の光が差し込む、小さな空間だ。そして――。

その光の中央に、ひとり、女がうつ伏せに倒れていた。

＊

「た、高石《たかいし》！」

妹尾が、女のもとへと駆ける。

特捜班もまた、周囲に視線を走らせ待ち伏せがないことを確認した上で、念のため、特殊警棒は手にしたまま、妹尾と高石の傍へと歩み寄る。

妹尾が、高石と呼ばれた女を仰向《あおむ》けに起こす。年齢は三十少し前といったところだろうか。黒のパンツスーツに身を固めた、小柄な女。ショートヘアーに、気の強さと愛嬌《あいきよう》が共存する顔つきは、いかにも女刑事といった風貌《ふうぼう》だ。

しかし、いまだ意識はなく、ぴくりとも動かない高石。特捜班の脳裏を一瞬、最悪の状況が過《よぎ》る。だが――。

「……よかった、生きてる」高石の傍にしゃがみ込んだ妹尾が、安堵《あんど》の溜息を吐いた。

ほっとしつつも、田丸は問う。「彼女が部下か？」

「ああ。高石瑞穂《みずほ》巡査部長だ」息があることを確かめられたからか、ようやく、妹尾が饒舌《じようぜつ》に説明を始める。「俺たちはペアを組んで捜査していた。だが下手を打った。俺は倒され、高石は連中に連れてかれたんだ」

「で、ここに放置されたと」

「ああ。生きていてよかった」

「いや……」田丸が、険しい色を眉間《みけん》に浮かべた。「気を抜くなよ。まだ終わっていない」

「終わってない？」

怪訝《けげん》そうな妹尾をよそに、田丸が樫井に視線を送る。「……どうだ？」

「ええ、さっきから匂ってますよ。彼女の腹から」樫井が、薄い笑みを浮かべる。

その言葉に、大山が、高石のジャケットの、閉じられた前を素早く開ける。

「こ、こいつは……」妹尾が絶句する。

高石の腰には、太い金属のベルトが巻きつけられていた。やけに巨大なバックルには《137》とデジタルの数字が表示され、一秒ごとに、ひとつずつ減っている。

「な……何なんだ、これは」

「爆弾だよ」樫井が言った。「カウントが《0》になったら爆発する、シンプルなやつ」

「ば、爆弾だって……？　じゃ、じゃあ、高石は？」

「うん。このままだと危ないね」

「なぜ、こんなこと……」

「見せしめだ」田丸が肩を竦《すく》めた。「『俺たちに楯《たて》突けば、こうなる』というな」

連中は高石を殺害せず、わざわざベルト爆弾を巻くと、上の通気口から逃げ、そこを封鎖したのだ。まさしく「見せしめ」の意思表示である。

「ベルト、外れないのか」カチャカチャと、慌ててベルトを引っ張る妹尾。

だが、施錠されているのか、ベルトはまるで外れる気配を見せない。

「あーあーダメだよ、素人が乱暴に弄《いじ》ったら」樫井が慌てて、妹尾の手を止める。「こういうのは、振動にも反応するもんなんだよ。もうカウントも《100》を切ってるし、ここは俺に任せてほしいなあ」

「……大丈夫なのか」

「安心しろ。樫井は爆発物のプロだ」冷静に、吉永が言った。「もっとも、最悪の場合は総員退避するが」

「そうならないように、頑張りますけどね」樫井が、ポケットから工具を取り出すと、高石が巻くベルトと対峙《たいじ》する。稲見が素早く、フラッシュライトで照らしサポートする。

「あー、TNT《トリニトロトルエン》だね、この匂い」

「危険なんすか」

「いかにも、稲見くん。こいつは単純だが、下手に扱えばすぐドカンの危険なヤツだ」

吉永も覗《のぞ》き込む。「無力化できるか」

「無理ですね。できなくはないんですが、ちょっと時間が足りません」細かい作業をしつつ、吉永の問いに答える樫井。「でも、接続は解除できるな」

「というと?」

「ベルトは外せるってことです」そう言うや、樫井は高石の腹からベルトをするすると引っ張り出し、全員に見せた。「ね？　でもカウントダウンは継続中。今は《37》」

「ど、どうするんだ！」焦る妹尾。だが吉永は――。

「さて、どうするかな」あくまで落ち着いたまま、腕を組み周囲を見回す。

樫井が言う。「通気口の向こうに放り投げれば？」

「不可能だな。格子が狭すぎる」田丸が冷静に答える。

「走って逃げたらいいんじゃない？　皆で」

「それも無理だ」大山の提案には、吉永が首を横に振った。「無意識の彼女を担いで逃げられるだけの時間的余裕がない」

「と言っている間に《20》を切りましたが」樫井が小さく首を傾げた。「どうします？」

しばし、お互いを見回す特捜班――だが。

「ははっ」ふと、小さく稲見が笑った。「しょうがないなー、俺が行ってくるわ」

言うなり、稲見は樫井の手からベルトを奪い取ると、疾風のごとく走り出す。

「あっ、何を！」唖然《あぜん》とする妹尾は、叫ぶように田丸に言う。「あいつを止めないと！」

だが、特捜班の誰も稲見を止める気配はない。それどころか、やれやれと言いたげに薄い笑いを浮かべると、吉永が樫井に言った。「あと何秒くらいだ？」

「約10秒ですね、班長」

「うん、それだけあれば十分だな」吉永の言葉に、特捜班たちはてきぱきと動き出す。

大山と樫井はすぐさま伏せて「退避」の姿勢を取る。その位置は、高石のすぐ横、稲見が走り去った側だ。高石の上にも、吉永と田丸が、彼女を守るように覆い被《かぶ》さった。

「お、お前ら……一体何を？」

「妹尾、お前はそっち側だ」田丸が、呆然《ぼうぜん》とする妹尾に、口角を上げつつ退避場所を示した。「稲見と逆側に伏せろよ。あと3秒だ」

3秒。その具体的な数字に、妹尾は慌てて樫井たちに倣い同じ姿勢を取った。

吉永が叫ぶ。「来るぞ。首は守れ」

──直後。

目も眩《くら》むほどの閃光《せんこう》。鼓膜に突き刺さる轟音《ごうおん》。そして──臓腑《ぞうふ》を抉《えぐ》る衝撃波。

「うおッ！」爆風にひっくり返されまいと、必死で堪《こら》える妹尾。だがさらにその一秒後、畳み掛けるように、爆発に舞い上げられた砂礫《されき》が妹尾の背中にいくつもぶち当たる。

その痛みにも耐え、十秒後。ようやく爆発が収まり、ぱらぱらと舞う砂粒以外には、動きがなくなると――。

特捜班の面々が、素早く立ち上がる。「彼女は無事か？」

「ええ。無傷です」吉永の問いに、田丸が答えた。

「そうか、それならよかった。あー、それと」吉永は次いで、稲見が走り去った方向に、目を細めた。「稲見《あいつ》はどうなった？」

「稲見ですか？」田丸が、薄く微笑みながら言う。「……死んだんじゃないですか」

「惜しい人を亡くしたね」樫井が、淡々と手を合わせる。

「お香典は……まあ五千円でいっか」大山もまた、ジャケットの裾《すそ》を払いながら言った。

「な、何言ってんだお前ら」あいつ、仲間なんだろ？　――そう言いかける妹尾。

だが、すぐ妹尾は気付いた。稲見が走り去った向こう、爆発の煙がいまだもうもうと立ち込める通路の奥から、ひとり、男が帰って来たのを。

「おーい！　おーい！」それは、嬉《うれ》しそうに笑顔で手を振る、埃《ほこり》まみれの稲見。

そんな稲見を見ながら、田丸は妹尾に言った。「……ああいう奴さ。稲見は」

「…………」あいつら、なんて無謀なんだ。けれども――。

妹尾は茫然《ぼうぜん》と、呆《あき》れたように呟《つぶや》いた。「……これが、公安機動捜査隊特捜班か」

＊

「う……うう……」

高石が、少しずつ意識を取り戻す。

「高石、おい高石！　無事か！」

「うう……あー、えーと……あれ？　妹尾さん？」まず薄目を開け、それから頬を震わせつつ、高石は言った。「ここ……どこ？」

「地下道、あいつらのアジトだ」

「アジト？　……ああっ！」高石が、跳ねるように飛び起きた。「そうだ！　あたしたち犯罪集団を追っていて、ええと、それから……」

改めてきょろきょろと周囲を見回すと、すぐ高石は、特捜班が取り囲んでいることに気づき、きょとんとした顔で言った。「あんたたち、誰？」

「特捜班だ」吉永が答える。

「特捜班？　どこの？」

稲見が、高石の前にしゃがみ込むと、苦笑いをしながら言った。「公安機動捜査隊特捜班。あんたを助けたんだよ」

「……こーあん？」数秒、訝《いぶか》しげに目を細めていた高石だったが――。「……って、まさか公安部のこと？」

「そうだよ」稲見が言った、その瞬間――。

パァン。

目が覚めるような、甲高く清々《すがすが》しい音。

高石が稲見の左頬に放つ、平手打ちの一閃《いっせん》だった。

突然の出来事に唖然とする稲見に、高石は言い放つ。「なんで公安の連中がここにいるの？　これはあたしたちの事件よ、邪魔しないで！」

さすがの稲見も、頬をさすりつつ、憮然《ぶぜん》として言った。「……邪魔も何も、俺たちはあんたを助けたんだぜ」

「あんたたちが、あたしを？」高石は、傍にいる妹尾を見た。「ほんとですか、妹尾さん」

「……ああ」頷《うなず》く妹尾。「君は爆弾を巻かれていた。助けたのは彼らだ。間違いない」

「ってなわけで」稲見が再び、諭すように言った。「礼を言うのが先じゃないかな？　高石ちゃん」

「嫌」

「ん？　なんだって？」

「お礼なんか言わない。助けてくれって、別に頼んだわけじゃないし」

「はあ？」

「助けられようが何だろうが、あんたたちが邪魔した事実は消えないし。そもそもあんたに『ちゃん付け』で呼ばれる理由もないし」口を尖《とが》らせ稲見から顔を背ける、高石。

「お前なあ……」稲見は、腹立ち紛れに盛大な溜息《ためいき》を吐いた。

そんな様子を横目に、苦笑いを浮かべながら、吉永は、スマートフォンを取り出すと、素早く連絡を取った。そのディスプレイに表示された宛先《あてさき》は――。

《青沼《あおぬま》課長》――特捜班の職制上のボスである、警視庁公安総務課長、青沼祐光《ゆうこう》警視だ。

『……青沼だ』ワンコールで、青沼は電話に出た。

「吉永です。今、任務完了しました」

『標的は？』

「……取り逃がしました。五人は倒しましたが、全部下っ端です。あとは、捜査一課《いっか》の人間と二人、現地で合流しています」

『捜査一課？　……うむ、それはこちらの連携ミスだな。ところで肝心の証拠物は？』

「…………」躊躇《ためら》いを挟みつつ、吉永は答えた。「残念ながら、押収はできませんでした。申し訳ありません」

＊

「そうか」青沼は、小さく溜息を吐いた。

千代田区《ちよだく》一番町《いちばんちょう》に建てられた高級マンション。警視庁幹部のために建てられたこの官舎の、シックな内装で纏《まと》められた一室は、青沼の自宅だ。

目の前にあるのは、作り掛けの紫電改《しでんかい》の模型。だが青沼は、模型には背を向けたまま、スマートフォンの向こうの吉永に、指示を与える。「特捜班には後でまた指示する。すぐオフィスに戻って、待機しておけ」

吉永の『わかりました』の声も聞かず、スマートフォンを切ると、青沼は、模型のセメダインが乾いてしまうのも構わず、すぐさま別の相手に連絡を取った。

鍛治大輝《かじたいき》──警察庁警備局長。青沼の先輩であり、特捜班の創設者にして、真のボスだ。

スリーコール、それから満を持したように鍛治が出る。『……もしもし？』

短くとも、威圧的な声色。青沼は、ごくりと唾《つば》を飲み込みつつ、鍛治に報告する。

「青沼です。ご報告です。特捜班が例のアジトに侵入しました」

『おー、侵入したか。どうなった？』

「残念ながら、取り逃がしました」

『取り逃がしたか。はは、そうか』決して面白くないはずの報告、にもかかわらず鍛治は、なぜか愉快げに言った。『まあ、任務は失敗だな』

「はい。失敗です」

『だがあいつら、それなりに動いたろ？』

「それは、ええ、十二分に」

『だったら、決して悪くはないぞ』くくっ、と鍛治が一瞬笑ったような声。『戦術において失敗、戦局は後退、だが戦略どおりではある。実りある失敗というやつだよ』

「つまり、失敗でも構わない。追跡させたことそのものに意味があると」

『さあ、それはどうかな』

「…………」青沼は察した。つまり、すべては鍛治の読みどおりだったということだと。

もっとも、別に驚くようなことではない。いつもと同じように、鍛治は何手も、いや何十手も先を読み、布石を打っているだけのこと。だからこそ鍛治は、当然のごとくに警備局長というポストまで出世したのだ。だが——。

だからこそ青沼は、畏怖《いふ》していた。鍛治が見据えているのが、警察庁長官や警視総監などではなく、もっと別のところにあるように感じられたからだ。だから——。

「……ひとつ、お聞きしていいですか」

『何だ？』

「あなたは、どこまで先を見通しているんですか。鍛治局長」

率直に問う青沼に、鍛治は——。

『先を見通す？　そうだな。……十秒先か、百秒先か』意味ありげに一拍置いてから答えた。『それとも、千年先か』

はぐらかすように、くくくっと喉《のど》で笑う。やはり、本心は見せないということか。

『まあ、いずれにせよだ』鍛治は、面白そうな口調はそのまま、逆に質問を投げた。

『今、君がすべきことはたったひとつだ。何だかわかるか？』

「はい」有無を言わさぬ問いに、緊張で心臓を握りつぶされそうになりつつも、青沼は答えた。「あなたからの指示を待て、ですね」

『いいね。及第点の回答だ』

ははは、と鍛治は、なぜか今度はあまり面白くなさそうに、笑った。

3

午後七時。日が地平線の下に沈んだ後の、名残惜しげな群青色の空。

青海南《あおみみなみ》ふ頭公園から徒歩十分。その一角にひっそりと佇《たたず》む地上二十一階建てのオフィスビル《青海フロンティアビル》は、あまり入居する企業もなく、この時間にはもうひっそりとしている。

その裏手に、すっと滑るように黒いバンが停まると、そこから五人の男女が降りてきた。

吉永に田丸、樫井、大山、そして稲見——特捜班だ。

ビルに入ると、特捜班はエレベータを上がり、ある階で降りた。

《東京水道機器サービス》——そう書かれた銀色のパネルを横目に、ドア脇の指紋認証とパスコードで防犯ロックを解くと、彼らは当たり前のように、このどこにでもある上下水道保守会社の、仕事にくたびれた社員たちのように、オフィスへと消えていた。

＊

彼らのオフィスは、百平方メートルほどの、どこにでもある「オフィスビルの一室」だ。

実際、事務用の机と椅子が五組――一応、どれが誰のものかは決まっている――はあるが、その一方で、書類ラックや複合機など、本来オフィスにあるべきものはない。奥に見えるドアの、さらに向こうには、ここからは見えないが、準備室や、訓練室など、本来オフィスにはないものは、あるのだが。

戻ってきた特捜班は、一様に疲れた表情を見せつつ、各々好きな椅子に腰掛けた。

「まったく、情《なさ》けないなー」第一声を発したのは、大山だった。「全員で挑んだのに、標的《ホシ》も証拠物《ブツ》も押さえられないなんて。ほんと恥ずい」

「仕方ないだろ」稲見が、首を回して筋を伸ばしながら言った。「捜査一課《いっか》の連中がいるとは思わなかったんだからさ。あいつらがいなきゃ、任務は成功したよ」

「そんなの言い訳よ。だって、派手に暴れて逃げる隙を与えたのは私たち。っていうか、あんただし」

「え、俺？」大山に指差され、きょとんとする稲見。

「確かに、ドカーンの責任は稲見くんにある」樫井が、面白そうに言った。「ま、他に方法がなかったのも事実だけどさ」

「まあ、落ち着けお前ら」吉永が二人を宥《なだ》めた。「特に稲見。刑事部は俺の古巣でもあるんだ。あまりいじめてやらんでくれ」

「そうそう。人のせいにするなんて卑怯《ひきよう》」

「うるさいなー」稲見が、頭をバリバリと掻《か》き毟《むし》りながら立ち上がる。「俺はああいう派手な仕事に憧《あこが》れてここに来たの。ちょっとくらい自由にやらせてよ」

『派手な仕事に憧れた』？」大山が肩を竦《すく》めた。「その動機、前と違くない？　この間『医者に普通の仕事はするなと止められているから』って言ってたじゃん」

樫井が言う。「俺には『パワハラがないから』と言ってたね」

田丸も追従する。「『給料がそこそこ出るから』」

「うるさいなー、皆《みんな》して！」稲見が腹立たし気にドンドンと足を踏み鳴らした。「動機なんて何だっていいじゃんよ」

「やめてよ。下にいるフツーの会社員さんに迷惑」

「だからってさー……」

「まあまあ、まあまあ」吉永が再び、大仰な素振りで全員を宥めた。「稲見の言いたいことも、よくわかる。人ってのは、その時、その場所の真実を持つ生き物だからな。

ま、とにかくまずは全員無事に戻ってこれて何よりだ。それを喜ぼうじゃないか」

「まー、班長がそう言うんでしたら……」吉永の言葉に特捜班が納得した、そのとき。

当の吉永のポケットで、スマートフォンが鳴った。

素早く取り出すと、ディスプレイに表示された名前を確かめ、一瞬剣呑《けんのん》な表情を眉間《みけん》に浮かべつつも、吉永は、電話に出る。「はい。吉永です」

そして十秒。一言も発しないまま、吉永は「……わかりました」と電話を切った。

「誰ですか、班長」

「青沼課長だ」田丸の問いに、吉永は即答した。

「仕事ですか？」

「いや……」深い皺《しわ》を額に刻み、意味ありげに一拍置く吉永。

特捜班は知っている。刑事畑の吉永は、実は今でも公安に不信感を抱いていることを――当の公安部直属の特捜班の班長となった、今でさえも。

だからかは知らないが――ややあってから、吉永は言った。

「……呼び出しだ。田丸と稲見に。今すぐ本庁へ行け」

＊

警視庁十四階、公安総務課長室。

庁内の閉ざされた部署である公安の中でも、幹部でさえあまり出入りすることのないこの部屋を、田丸と稲見は訪れていた。

短いアイコンタクトの後、田丸が手の甲でノックする。

『……入れ』ドアの向こうからの、簡潔な返答。

失礼します、と小さく述べ、田丸が入ると――。

「あっ！」稲見が驚きの声を上げた。

課長室には、デスクの向こうに座る青沼だけではなく、二人の人物がいたからだ。

それは――妹尾と、高石。

振り返った高石が、怪訝《けげん》そうな声を上げる。「あんたたち、なんでここに？」

「そりゃこっちのセリフだ」ぶっきらぼうに答える稲見。「特捜班は公安所属。別にここに来たっておかしかない。そっちこそ、どうしてここにいるんだよ」

「悪いな。俺が呼んだんだ」青沼が、混乱する四人を制しつつ、稲見たちを促す。

「まあ、いきり立たずに、まずはそこに座れ」

稲見と高石は渋々といった表情で、田丸と妹尾は目線を交わしつつも無表情で、デスク前に鎮座する総革張りの応接ソファに、特捜班と捜査一課、向かい合わせに腰掛けた。

四人の視線を浴びつつ、青沼はデスクに肘《ひじ》を突く。

「簡潔に言う。今回の件では、お前らに随分迷惑を掛けた。すまなかった」

「………」四人は、無言のまま、それぞれに驚いたような表情を浮かべる。

任務の不首尾を叱責《しっせき》される。てっきりそう思っていたからだ。部下が上司の部屋に呼ばれる理由など、大半がそれである。

だから意外だ――そんな顔つきの四人には構わず、なおも青沼は続ける。「すべては本庁内での連携不備が原因にある。だからこれからは、俺のほうで捜査一課長と連絡を取り合うことにした。お前らに今後こういうことがないよう、最善を尽くす。それで納得してくれ。今日のところは以上だ」

「……えっ？」稲見が、目を瞬《しばたた》く。「それだけですか、課長」

「そうだが、何か？」

「いや……てっきり、怒られるものと」

「その方がよかったか？」

「まさか」稲見は首を横に振る。警察官が怒られるのは、処分を受けるときと相場が決まっている。そうなれば給料が減らされる。百歩譲ってそれはいいとして、やりたい仕事ができなくなるのは、やはり本意ではない。

同じことを考えているのだろうか。不審げな四人に、青沼は口の端を歪《ゆが》めて言う。

「いずれにせよだ。お前らにはこれからも、仕事に邁進《まいしん》し、世のため人のために尽くしてほしい。くれぐれもよろしく頼むぞ」

作ったような笑顔を、青沼は浮かべた。

なんだか狐に抓《つま》まれたような気分ではあったが、もう上司が言葉を締めた以上、ここで話は終わりである。

四人は立ち上がると、一礼し、静かに部屋から退室した。

パタン——意匠の重厚さに比すとやけに軽い音でドアが閉まると——。

青沼はまず、扉の向こうにある人間の気配が完全に消えたのを確認した。それから、静かにデスクの受話器を取り上げると、おもむろにある場所へ電話を掛けた。

いつものスリーコール——よりも長い、ファイブコール。掛け直そうかと思った瞬間、男が出た。『……はい』

「青沼です。鍛治局長ですか」

『ああ』

「すみません、お忙しかったですか」

『まあな。財務大臣殿から何とかしろと散々恫喝《どうかつ》されてな。その上法案調整も重なって、踏んだり蹴《け》ったりだよ。ははは』

「難儀でしたね」

『よくあることさ……で？　報告だろ？』

「はい」青沼は、こくりと頷《うなず》いた。「ご指示どおり、連中を捜査一課《いっか》と繋《つな》ぎました」

『そうか、ご苦労だったな。君にはまた動いてもらうが、今日のところはこれまでだ。追って沙汰《さた》する』

「わかりました。……で、その……」一拍置き、青沼は恐る恐る問う。「……お聞きしたいのですけれど、鍛治局長。このご指示には、何の意味があるんですか」

『…………』

「……局長？」

『青沼くん。この間から、君は質問が多いな』

「すみません」

『謝らなくていい』思わず頭を下げる青沼に、鍛治は、柔和だが圧力を伴う声色で、釘を刺すように言った。『だが、今日は君に、ひとついい言葉を教えてやる』

「なんですか」

『……「沈黙は金」』

＊

「……黙ってオフィスで大人しくしてりゃいいのに、あんたたちが出しゃばってくるから、こんなことになるのよ」

課長室を出るなり、高石はすぐさま稲見に毒づいた。「あたしたちがいつから内偵してたと思ってんの？　半年前よ！　ずーっとあいつらのことを監視して、我慢して我慢して、ようやくアジトも突き止めて、やっと壊滅できる！　と思ったのに……」

「へぇへぇそりゃあすみませんでした」稲見は肩を竦《すく》めた。「そりゃま、確かに俺らが任務の指示を受けたのは、昨日のことだけどね。でも青沼課長だって言ってたろ？　本庁内での連携不備だって。仕方ないじゃん、俺らだって知らなかったんだよ」

「だからって……」頬を膨らませながら、肩を怒らせて歩く高石。

そんな高石の様子に、ふと稲見は言った。「……高石ちゃん、彼氏いるの？」

「はあ？」これでもか、と高石は顔を歪めた。「いきなり何言ってんのよあんた」

「あ、いないんだ」

「ちょ！　何勝手に決め付けてんのよ」

「ははは、図星だった？」軽い調子で笑う稲見。

そんな稲見を、高石は今にも噛《か》み付かんばかりに睨《にら》み付けた。

まるでじゃれ合いのようなやり取りを繰り広げつつ、庁内の廊下を闊歩《かっぽ》する二人を見ながら、五メートルほど空けたその後ろを、田丸は妹尾と歩いていた。

率直に言って、青沼に呼ばれた理由が、田丸にはよくわからないでいた。だが、今回の事件がこうして、かつては同じ釜《かま》の飯を食いながら今では刑事と公安、水と油のセクションに棲《す》むこととなった二人を、再び引き合わせたのは事実である。

「……懐かしいな、田丸」ポケットに手を突っ込みながら、妹尾が言った。「所轄時代が、遠い昔のようじゃないか。もう何年経つ？」

田丸は、淡々と答える。「……十五年以上経つな」

「初任地で二年、公安で一年か。時間も金もないのに、あの頃はよく飲みに行ったよな。しょっちゅう合コンもしてさ。二次会のカラオケも」

「思い出した。お前、軍歌しか歌わなかっただろ。一緒に行った女の子たちが引いてたぞ」

「仕方ないだろ。俺、それしか知らなかったんだよ」妹尾が、頭を掻《か》いた。「音楽なんか興味なくてな。親父が口ずさんでた軍歌くらいしか歌えなかったんだよ」

「そこを五次会までついてきた子が、お前の奥さんになった。そういえば娘さんがひとりいたな。もう随分大きくなったんじゃないのか」

「あー、それなんだけどな」妹尾が、気まずそうに言った。「俺さ、実は一昨年《おととし》、離婚したんだ。それ以来、娘とは数えるほどしか会ってない」

「……すまん」

「いいんだ。仕事人間が愛想尽かされたなんて、よくある話さ。俺も別に、もうどうだっていいしな……と言いつつ、来月娘と会えるのは楽しみでもあるんだが」ははは、と強がるように笑うと、一度咳払《せきばら》いしてから、妹尾はあらためて訊《き》いた。「ところでお前、どうして特捜班なんかに行ったんだ」

「………」

「一年で音を上げて刑事部に戻してもらった俺が言うことじゃないが、お前、なんで異動なんかした？　公安でも悪くない仕事をしていたんだろ？　何かあったのか」

「それは……」田丸は、ふと口ごもる。

確かに、公安の中で、田丸は東アジアの言語に長《た》けた捜査員として仕事をしていた。だが、公安の人間に必要なのは、言語力ではない。

冷たさだ。田丸にはたぶん、それが欠けていた。だから——。

「……色々あったんだ」妹尾と決して視線を合わせることなく、田丸は、呟《つぶや》くように言った。「大したことじゃあ、ない」

「そうか。でもまあ、お前の気持ちは、わかるよ」察したように、鼻から短く息を吐くと、ややあってから妹尾もまた、独り言のように言った。「俺な、時々、この仕事をしていて心から空《むな》しさを覚えることがあるんだ。この世界ってのは、どうしてこうも正義のない世界なのか、と」

「……正義がない？」

「ああ。お前もまだ覚えてるだろ、二年前の銀行強盗殺人」

「虎《とら》ノ門《もん》のあれか」田丸の脳裏に、悲惨な事件が思い浮かぶ。

散弾銃を持った男が三久《みつひさ》銀行虎ノ門支店に立て籠《こ》もった事件。三日間に及ぶ籠城《ろうじょう》の末犯人は逮捕されたが、人質となった男子行員五名が射殺、女子行員四名が強姦《ごうかん》されるという、凄惨《せいさん》極まるものだった。ところが──。

「犯人、無罪になったんだってな」

「ああ」苦虫を噛み潰《つぶ》したような顔で、妹尾は頷いた。「奴を担当したのは俺だ。動機は遊ぶ金の融資が受けられなかったことへの逆恨みさ。万死に値すると思った俺は、全力で捜査し、送致《おく》ってやった。ところが、蓋《ふた》を開けてみれば奴は無罪となった。理由は……」

「……心神喪失か」

「ああ。死刑反対派の弁護士が粘ったのも事実だったしな。だが……それは表向きの理由だ。本当の理由は違う」

「…………」田丸は黙り込む。本当の理由を、田丸はすでに知っていたからだ。

つまり──その犯人が、現内閣官房長官の類縁であったから。

「こういうの、お前も嫌というほど身に染みてるんだろ？　田丸」

追い打ちを掛けるように、心の内を見透かすような、妹尾の質問。

答えないでいる田丸に、妹尾は――。

「なあ、田丸」不意に、問うた。「……国ってさ、不思議な存在だと思わないか」

「どうしたんだ、突然」

「誰もが信じているが、誰も見たことがない。確固たる存在だが、あるのは概念だけ」

「……何が言いたいんだ」

「いつも思うんだ。国家ってのは本当に、信用するに値する存在なのかなって」

「…………」

突然吐露される、妹尾の心情。無言の田丸に、妹尾はなおも言う。「俺たち警察のしていることは、本当に、正しいことなのか？　俺たちの仕事は、本当に世のため人のためになっているのか？　あんな理不尽を見せられて、正直言うとな、俺、時々わからなくなるんだよ」

「何をだ」

「何が、正義なのか」

まあ、こんな歳にもなって正義も何もないんだがなぁ、と妹尾は、苦笑いした。そんな妹尾に、田丸は――。

「……俺もさ」妹尾の背を軽く叩《たた》きながら言った。「俺だってわからない。お前と同じ、いつだって五里霧中だ。だが、だからこそ思うことがある」

「思うこと？」

「ああ。俺たちには何か、確かなものが必要だ」田丸は、心の中にさまざまなものを想起させながら、断言した。「絶対に信じられる、何かが」

「はは、何だか、お前らしい考え方だなあ」妹尾は、頭を掻きつつ言った。「とはいえ真理だな。だとすると、俺にとって、それは何だろうな。あいつとも別れちまったし……」

娘かな？——そう、冗談とも真実ともつかない口調で言うと、妹尾は、薄く微笑んだ。

そんな、二人を背に——。

なおも高石と他愛もない口論を続ける稲見もまた、片方の耳で高石の甲高いクレームを受けながら、もう片方の耳で、背後の会話を聞いていた。

だから、稲見もまた、妹尾の言葉を我が身に顧み、ふと疑問に思った。

俺たちのしていることは——俺たちの仕事は——本当に正しいことなのか？

＊

稲見と田丸が本庁から戻ってくると、オフィスには樫井と大山だけが残っていた。

「あれ、班長は？」

「さあ？」稲見の問いに、大山が、振り向きもせず、ノートパソコンでネットサーフィンを続けたまま答える。「いつの間にかいなくなったけど。帰ったんじゃない？」

「あー、そうなんだ」さばさばとした調子で、稲見は言った。「じゃ、俺も帰ろうかな」

「そうすれば？」

「なんだよ、冷たいなー大山は。……あ、そうだ田丸さん」

「どうした？」

「たまには付き合いません？」稲見が、グラスを傾けるジェスチャーを田丸に示す。

「この後、別に何もないんでしょ？」

怪訝《けげん》そうな顔をしつつ、田丸は答える。「……どういう風の吹き回しだ」

「いえ、別に。たまにはいいかなって」稲見は、意味ありげな視線を田丸に向けた。

「田丸さんにだ、だって、あ、あるでしょ。そんな気分に浸りたい夜が」

妹尾との会話を盗み聞きしたな――苦笑いを浮かべつつも、田丸は、稲見の背を軽く叩いた。「……行こうか」

――稲見と田丸が、オフィスから去った。

二人の背をしばし、じっと意味ありげに見つめていた樫井だったが、ややあってから、ほっと小さな溜息《ためいき》を吐いた。「……俺も帰ろ」

「おつかれー」

大山が、やはりディスプレイに視線を置いたまま、上の空のように投げる言葉を背に、樫井がオフィスから出て行った。そして――。

ひとり大山が、オフィスに残される。

大山は、樫井がしたのと同じように、樫井が出て行ったオフィスのドアをしばし見つめた後、今しがたまで立ち上げていたブラウザを落とすと、《ベストソング集》と名付けられたフォルダに隠されていた、あるツールを立ち上げる。

《Hanzo.exe》――彼女の手になるこのプログラムは、オンライン、オフラインに関わらず、ネットワーク化されたあらゆるデータベースに侵入が可能な、彼女が開発したツールの中でもとりわけ優秀で、凶悪で、そして特捜班にも秘密にしているものだった。

灰色の無骨なインターフェイスに表示される、自動でハッキングされたさまざまな情報に目を細めつつ、大山が《seek》と表示されたボタンをクリックすると――。

「何してんの？」

「！」心臓が握り潰されるようなひと声。反射的にノートパソコンを閉じ、後ろを振り向くと――。

樫井がいた。

いつの間に――と思いつつ、大山は言う。「……樫井さん、帰ったんじゃないんですか」

「そうしようと思ったんだけど」樫井は、にこりと微笑みつつ答える。「よく考えたら家に帰ってもすることがなかった。それだったら図面でも引こうかなって」

「……図面？」

「うん。あの爆弾、覚えてるうちに書き起こしておこうと思ってさ。メイドインチャイナにしてはやけに精巧でさ。ああいう国はおそろしいよな。しっかり監視してないと、どんどん技術が進んでいくんだから。それよりさ、大山さん」

「……何？」

「君、今何してた？」

「な、何って」思わず、視線を逸《そ》らせる大山。「ネットサーフィンですけど」

「嘘だね」

「……！」まさか、見たのか？——とばかりに睨《にら》み返す大山。

しかし樫井は、笑みを絶やさずに言った。「あ、別にだからどうってんじゃないよ。君がよからぬことをしたって、俺には関係のないことだし。班長の過去にも興味ないし」

「…………」

そこまで見たのか、と言いたげに目を細める大山に、樫井はなおも続ける。「班長って、昔、刑事部で何かやらかしたらしいな。それで特捜班《こっち》に飛ばされたらしいよ。公安によそよそしいのもそのせいだろうな」

「そんなの……別にどうだっていいじゃない」

「うん、俺もどうだっていい。でも大山さんは違うんじゃない？　だから調べてるんだろ」

ピシャリと言う樫井に、大山は再び、今度は顔ごと視線を背けてしまう。

ややあってから、大山は掠《かす》れ声で問う。「……このこと、班長にチクんの？」

「まさか」樫井は、肩をすくめた。「そんなことしないよ。さっきも言ったけど、俺には関係ないし、別にどうだっていい。ただ……」

「……ただ？」

「嘘を吐くなら、もっと上手《うま》くなんないとね。大山さん」

＊

夜の街。猥雑《わいざつ》な繁華街を、稲見と田丸が歩いている。
ほどほどに酔いながら――それでいて、行くあてもない迷い人のごとくに彷徨《さまよ》って
いるようにも見える、二人の姿。
その横を、一台のスクーターが擦れ違う。
稲見はふと、何かに気づいたように振り返り、スクーターの後ろ姿に目線を止める。
スクーターの荷台には、妙に大きな段ボールがひとつ、括《くく》り付けられていたからだ。
あの中には何があるのか？　彼は――ヘルメットを被《かぶ》っていてわからないが、たぶ
ん男だと思う――何を運んでいるのか？　そう言いたげに一瞬、訝《いぶか》しげに首を傾げる
稲見だったが、数秒後には、再び前を向き、田丸とともに、雑踏の中へと、消えて行
った。
一方――。
スクーターはそのまま、繁華街から、その脇にひっそり広がる住宅街へと入ってい
く。
右へ、左へ。迷路のような路地を我が道のごとく、軽やかに進むスクーター。

道は進むごとに狭く、明かりが少なくなっていき、やがてその終着点に、昭和の築造と思われるひどく古いアパートが現れた。

アパートの前にスクーターを横付けすると、彼はヘルメットを被ったまま、まるで赤ん坊を抱くかのように、段ボールを大事に抱えたまま、二階の一室へと運び入れた。古い木のドアにしっかりと鍵《かぎ》を掛けると、彼は段ボールをそっと床に置き、ここでようやくヘルメットを脱ぐ。やはり男だった。だが、まだ若く少年のような、幼い顔つきをしたその男は、ほっと安心したような息を吐きつつも、休むことなく、すぐ部屋にぽつんと置かれたノートパソコンを開き、電源を入れた。

なかなか立ち上がらないOSに苛立《いらだ》つのか、忙《せわ》しなく貧乏ゆすりをする男だったが、やがてメーラーが立ち上がると、すぐさま一本のメールを送った。

《坂東先生。例の『V』、確かに預かりました。この『V』さえあれば、我々十三の志士は、倉橋さんのもと、いつでも立ち上がれます》

——数分後。ポロン、という穏やかなジングルとともに、一本のメールが返る。

《わかった。決行のときはまた指示する。時を、待て》

ニヤリ、と男は、口元に嬉《うれ》しそうな笑みを作った。

4

知り合って、結構日が経つような気がする。

でもそうは感じないのは、もしかすると彼が慌ただしい毎日を送っているからかも――。

カクテル越しに、彼――稲見を見つめながら、松永芳《まつながはな》はふと、そう思った。

《バー40886》――いつも二人が会うこのバーは、とても居心地がいい場所だ。

そう言えば最初に彼に会ったのも、この席だった。あのとき私は、何をしていたんだっけ？

「最近どう？　元気してる？」

「あ、いえ、その」突然、稲見に話し掛けられた芳は、手に持っていたローザ・ロッサ――赤ワインベースのカクテルをテーブルに置くのも忘れ、あたふたとしながら答えた。「ええと、はい。頑張って生きてます」

「頑張って生きてる？　はは、そりゃいいや」稲見が、口元にチャーミングな笑みを浮かべた。

「は、はは」思わずつられて笑いを返しつつ、芳も問う。「稲見さんも、相変わらずお忙しそうですね」

「あー、そうだね」芳にはとても飲めない、度数の強いスコッチをストレートで呷《あお》りながら、稲見が答える。「でも仕方ないよ。トラブルってのは24365だから」

「24365？」

「二十四時間、三百六十五日ってこと」

「あー、なるほど」大きく頷《うなず》きつつ、芳は言う。「そういえばこのバーも、数字五桁《けた》の名前ですね。なんでなんです？」

顔を上げ、カウンターの奥を覗《のぞ》く。けれど。

「…………」カウンターの向こうでワイングラスを静かに拭《ふ》くバーテンダーは、芳の問いには答えないまま、ただ意味深に口角だけを上げた。

稲見が、呟《つぶや》くように言った。「秘密、だってさ」

と、そのとき、どこかでブー、ブーと音が鳴る。

同時に、稲見がポケットからスマートフォンを取り出し、ディスプレイに目を細める。

「……あー、マジか」

「どうしたんですか」

「ごめん、急な仕事が入った」稲見が、申し訳なさそうに頭を掻《か》いた。「得意先で、トイレの水がどうしても止まらないんだってさ。配管に、高度に技術的な問題が発生しているみたいだ」

「あー……」

——せっかく会えたのに、もう行っちゃうの？

そう言いたくなる気持ちをぐっと我慢すると、芳はにこやかに言った。「大変。すぐ行ってあげないとですね」

「ほんと、すまない」

「いいんですよ。お仕事ですもん」自分ができる一番可愛いと思う表情を作ると、芳は言った。「その代わり、ひとつ貸しですよ！」

「オッケー、いっこ借りた。ありがとう！」そう言うと稲見は、バーテンダーに「ここはツケで。あ、彼女の分も」とだけ言い残し、慌ただしくバーを出て行った。

そして——後には、芳とバーテンダーだけが残される。

三分の一だけ残ったカクテルを、くるくるとグラスの中で転がしながら、芳は独り言のようにつぶやく。「……不思議なひと」

「それが魅力的なんでしょう？」

「え！」予期しなかったバーテンダーの言葉に、思わず芳は首を左右に振る。「違いますよマスター、違いますって。そういう意味じゃなくってですね、その一」

「わかりやすいですね」

「だ、だから、そういうんじゃないのに……」プク、と頰を膨らます芳。「でも、魅力があるからといって、軽々しく触れたらだめですよ」

だが、バーテンダーはなおも静かにグラスを拭き続けながら言った。

「なんでです？」

「聞いたことがありませんか？　綺麗《きれい》な薔薇《ばら》ほど棘《とげ》があるっていうフレーズ」

「……それって、女性に対して使う言葉じゃないんですか？」

「ふふ……そうかもしれませんね」

意味ありげに薄く微笑むと、彼はまた、バーテンダーらしくそっと気配を消した。

＊

「で、高度に政治的な問題って何です？」

午後八時。オフィスに戻ってくるなり、稲見はそう叫ぶように言った。「休暇中に駆り出すんですから、それなりに面白い話なんでしょうね、班長！」

「面白い話かは知らん」吉永が、眉間《みけん》に深い皺《しわ》を寄せた。「だが緊急事態だ。デートから呼び戻す必要があるくらいのな」

オフィスには、すでに班長以下四人の特捜班が揃っていた。

机の上にも、どこかの建物の図面が広げられ、特捜班一同の顔には緊張が満ちている。皆、すでに高度に政治的な問題とやらを把握しているのだろう。稲見もまた、緊張に顔を引き締めつつ、簡潔に問うた。「何があったんです?」

「ホテルが何者かに占拠された」

「ホテル?」稲見は目を細めた。「って、どこの?」

「『ジーホテル・ベイ』よ。あんたも知ってるでしょ? こないだ横浜《よこはま》にできた、三十九階建てのやつ」

「天下の森山《もりやま》不動産が、社運を賭《か》けてオープンした高級ホテルだよ」大山の言葉に、樫井が言った。「でもまあ、稲見くんは知らないんじゃないかなー。稲見くんが使うの、場末のラブホテルばっかだろうし」

「なんすかそれ。ま、否定できないけど」軽い苦笑いの後、稲見はすぐ真剣な表情で問うた。「で、ホテルが占拠されたってのは?」

「文字通りだよ」田丸が、淡々と答える。「午後六時、ジーホテル・ベイが武装集団に襲われ、占拠された。従業員と宿泊客を人質にしている」

「武装集団ってのは?」

「『十三士《じゅうさんし》』と名乗る連中だ」吉永が答える。

「十三士？　誰ですそれ。聞いたことないな……宗教系？」

「情報が少なくてよくわからんが、いわゆる政治結社らしいが……」

『らしい』ってことは、そこも未確定情報なんですね」

「ま、同じくらい性質が悪い系だね」樫井が言った。

「……で、そいつら何人いるんです？」

「十三人だ」田丸が答える。「十三士って言うくらいだからな」

「そのまんまやないか！」大山が突っ込む。

「話、戻すぞ」吉永が再び話を仕切る。「少ない情報がもたらすのは、どれも嫌なものばかりだ。まず奴らのうち少なくない人数がライフルを装備している」

「ナイフ、長剣等の刃物も所持」田丸が言う。

「ロケットランチャーも一丁」と大山。

「爆弾のひとつや二つは持ってるはず」樫井も言った。「……たぶんね」

「だから武装集団ってわけですか」稲見が溜息《ためいき》とともに言った。「はー、そんな連中が闊歩《かっぽ》してるなんて、日本って本当に平和な国なんですねえ」

「茶化すな、稲見」ピシャリと釘《くぎ》を刺す吉永。

しかし稲見は、首を傾げつつ続けた。「要するにそんな危険な連中が組織的にホテルジャックを行ったってことはわかりました。で、どうやったんです」

「手口はこうだ」吉永が、デスクの上に広がる図面を素早く指差しながら説明する。「奴らはホテルの地下から襲撃、配電盤を破壊しエレベータをすべて停止。人間の上下の移動を阻んだ上で、二つある非常階段を、二十階から二十一階に上がる箇所でいずれも封鎖。かくして二十二階から最上階の三十九階に取り残された従業員と宿泊客を人質に、立て籠《こ》もった」

「これを五分以内で完遂か」田丸が、険しい表情で言う。「ただの集団じゃない」

「ああ。十分な訓練と計画がないとこう上手《うま》くはいかないもんな。中間階の二十階で封鎖したのも、あらかじめ決めていたんだろ」

十三人で監視可能な最大数を人質にするには、その階が最適だと見極めているのだ。

「ちなみに人質の人数だが」稲見の心を読んだかのように、吉永がなおも言う。「宿泊名簿、従業員名簿から五五〇人とわかっている。その五五〇人には館内放送で、十三士の首謀者と名乗る倉橋丈士《くらはしじょうじ》という男が、部屋での待機を命じている」

「倉橋ねえ……人質に怪我人か、またはそれ以外はいるんですか？」

「今のところ、宿泊客は無事だ。だが……」

「これからどうなるかはわからない、と」苦笑しつつ、稲見は続ける。「確かに、対応次第では最悪の展開も考えられますね。で、その十三士とやらの要求は何なんです？」

ハイジャック、シージャック、カージャック。およそジャックされる事件には押し並《な》べて、通すべき「要求」が存在している。意味のないジャックはあり得ないのだ。

当然の稲見の問いに、吉永は、苦々しげに答えた。「要求は三点だ。『現政府の解体』『憲法の改正』並びに『「立誠会《りっせいかい》」が主導する市民政府の構築』」

「おー、清々《すがすが》しいほどの反体制だ」

「あたし的にはシンパシー感じるけどね」大山がおどけて言った。「もちろん、ほんのちょっとだけ、だけど」

「で、その『立誠会』ってのは何だ？」

稲見の問いに、再び吉永が答える。「主として首都圏の大学生が組織している政治活動サークルだそうだ。何でも、マルクス主義の再興を過激に掲げている連中だとか」

「要は七十年代左翼の残党さ」樫井が言った。「そういうの、もう過去の遺物かと思ってたけど、結構しぶといんだな」

「ふーん、ってことは当然、すでに公安でも」

「もちろんマークしていた」吉永が、一拍置いて続けた。「立誠会は、過激派の指導者である坂東馨《かおる》という人物が随分前に作った組織だそうだ。だが最新の情報が『一人派閥』のままになっていて、マークの度合いが弱かった。そのせいでメンバーを増やしていたのを見落としていたんだ」

いずれにせよ公安の失態だな——と吉永は、その失態を責めるような口調で言った。

「まあ、有象無象まで目はかけられませんからねえ……でもメンバーはまだ大学生なんでしょ？　リーダーの倉橋ってのも含めて……学生がまともに武器を扱えるのかな」

「甘く見ないほうがいい」田丸が顔を顰《しか》めた。「すでに、ホテルの警備員が二人、地下の銃撃戦で射殺されている」

「マジで？」

「ああ」吉永も頷《うなず》いた。「目撃者によれば、射手の射撃は正確で、いずれも眉間を一撃。躊躇《ためら》うそぶりもなかったらしい」

「どこで訓練を積んだんだろうね」樫井が言った。「今だったら、金さえ積めば訓練してくれる国がたくさんあるから……中東か、アフリカかな」

「いずれにせよ、侮れないというわけだ」吉永が、大きく首を縦に振った。

「そして奴らは、人質を盾に要求を通そうとしていると」稲見は、ふーむと低く唸《うな》りつつ、さらに問う。「……マスコミは？」

「規制済みだ。だが時間の問題ではある」吉永が、ちらりと腕時計で時刻を確認しながら言った。「中にいる宿泊客が外部に連絡を取れば、おのずと情報が洩《も》れる」

「インターネットは万能だからね」大山が、ノートパソコンを軽く持ち上げた。

「いずれにせよ、早いとこ片付けないとまずいってわけか。なるほど」

ひととおり質問を終えた稲見に続き、田丸が問うた。「では班長、我々の任務は？」

「短時間での犯人全員の確保、または殲滅《せんめつ》だ」吉永が、力強く頷いた、そのとき。

「そのとおり。もちろん人質の安全最優先でだぞ」

唐突に、予期しない第三者の声。特捜班が一斉に振り向くと、そこには――。

「……青沼課長？」

警視庁公安総務課の、青沼の姿があった。

呟《つぶや》いた田丸を一瞥《いちべつ》すると、青沼は続けて言った。「しかも、それらを完全秘密裏に行うこと。それが特捜班《おまえら》の任務だ」

「………」

無言で顔を顰める吉永の横で、稲見は肩を竦《すく》めた。「まあ確かに、俺らにはぴったりの仕事ではありますけどね」

「でも、公安の仕事でもない気がするな」樫井が、言った。「要するに人質立てこもり事件の大袈裟版《おおげさ》でしょ？　ＳＡＴかどこかがやるべき話じゃないんですか。刑事部か警備部か、どっちの仕事になるかは知りませんけど」

「いや、違うぞ」樫井の言葉に、青沼は、首を振りつつ言った。「こいつは公安の仕事だ。国を転覆させようとしている反社会的団体の犯罪鎮圧だからな」

「と言いつつ、本当の理由は違うんですよね？」大山が、揶揄《やゆ》するように言った。

「今の国土交通大臣、森山不動産の会長の甥《おい》だもん」

「つまり、せっかく社運を賭《か》けて建てたホテルにミソ付けたくない政治家さんの指示」稲見も続けた。「俺らはそんな政治家さんの手駒ってわけ」

「余計なことは言うな」田丸が、二人を窘《たしな》める。「それが本音だとしても、俺たちはただ粛々と任務に従うだけだ」

「そのとおり。いい心掛けだ」青沼が口の端を歪《ゆが》めた。

「とりあえず、ご指示はよくわかりました。しかし」吉永が、青沼に問う。「この任務、端《はな》から容易じゃない。何しろあちらは十三人、こちらは五人、数のビハインドもさることながら、用いる武器にも大きな差があります。人質を取られているというのも、大きなハンデです」

「まあ、そうだな」

「我々五人だけで何とかしろというのは、まさに『死にに行け』と言われているのに等しいのですが」

「なるほど、そんな『死にに行け』という任務には従えないと」

「……………」沈黙する吉永。

「冗談だよ」青沼は、ははっと短い笑いを挟んで言った。「俺だって、お前らを死なせるリスクは負いたくない。もちろん、サポートを用意してある」

「サポート？」

訝《いぶか》しげな顔をした稲見に、青沼が静かに何かを差し出した。それは——。

一台のスマートフォン。

「出ろ」

顎《あご》で指示する青沼からスマートフォンを受け取ると、稲見は耳に当てた。「もしもし？」

と同時に、音割れした女の声。『あんた誰？』

「……特捜班の稲見だ。君こそ誰だ？」

問う稲見に、女は『稲見、ですって……？』と、少し嫌そうな雰囲気を挟みつつ、渋々と答えた。『……高石よ。高石瑞穂』

「高石……？」

訝しげな稲見に、青沼がニヤリと歯を見せつつ言った。「彼女がお前らの切り札だ」

高石が切り札。どういうことだ？　——困惑しつつも稲見はなおも、スマートフォンの向こうにいる高石に問う。「君、今どこにいるんだ？」

『どこって、決まってるじゃない』一拍置いて、高石は答えた。『ジーホテル・ベイよ』

＊

『……内偵してたのよ』

ジーホテル・ベイにいる経緯を、高石は面倒そうな口調で説明した。『指名手配中の凶悪逃亡犯が、ここの高層階に隠れてるって情報があって。だからあたしも、近くの部屋で張ってたの』

「誰からのタレコミだ」

『そんなの知らないわよ』怒ったように、高石は続けた。『でも、万一でも可能性があれば逃さず潜り込むのが刑事ってものでしょう？』

「おっしゃるとおりだ」横にいた元刑事の吉永が、同意した。

「……で、今は高石ちゃんも人質になっていると」

『ちゃん付けはやめて』稲見の質問に高石は、不承不承ながらもてきぱきと答える。『でも、人質になっているのはそのとおり。今は二十二階の部屋にいるけど、すぐ下の階で連中がライフル担いで見張ってるから。さっき館内放送で部屋から出るな、部屋のドアは全開にしておけって言われた。今は部屋のトイレでこっそり電話してる』

「自前のスマートフォン？　電池は大丈夫か」

『予備電源たっぷり持ってきてるから大丈夫。今はね』

「わかった。通話は入れっぱなしにしててくれ」

『さっきからそうしてる』

稲見は顔を上げ、青沼を見た。「青沼さん、あなたは、高石ちゃんも加えた俺たち六人で、ホテルジャックを解決しろと言うんですね」

「ああ。連中の懐に秘密兵器を忍ばせているんだ。お前らだけでやるより心強いだろ？」

「…………」

「それに、六人じゃないぞ」無言の特捜班に、身体を斜めに構える青沼。その背後から——。

息せき切った男がオフィスに走り込む。「うちの高石が特捜班《ここ》にいるって、本当か！」

「妹尾！」膝《ひざ》に手を突き、肩で息をする妹尾に、田丸が駆け寄った。

吉永が、眉間《みけん》に皺《しわ》を寄せつつ青沼に問う。「本当に、あいつらも巻き込むんですか」

「捜査一《いち》課長の了解済みだ」

「…………」

口を歪め抗弁しようとする吉永をやんわりと、しかし一方的に制すると、青沼は、こほんと小さな咳払《せきばら》いを挟んでから、言った。

「全員揃ったところで、お前らに鍛治局長からのありがたいお言葉を伝える。よく聞きたまえ……『特捜班プラス捜査一課の諸君。諸君らも知ってのとおり、今はテロリズムの時代だ。これまでの常識では考えられなかった規格外の事件が起こる。この事件もまさに、そうした規格外の事件のひとつだ。そして、規格外の事件には、規格外の連中で当たるべきものでもある。それが、諸君らだ』」

そして、思わせぶりな一拍を挟むと、続けて言った。

「……『そこで指示する。諸君ら七人で緊密に連携し、大事に至る前にこの事件を秘密裏に解決すること。それが今のお前らの任務だ』……以上」

まるで自分が指示したものであるかのように、青沼は得意げに踵《きびす》を返すと、オフィスから颯爽《さっそう》と去っていった。

5

時刻はすでに、午後九時を回っていた。

いつの間にかオフィスを取り囲むように据え付けられた幾つものディスプレイには、

あらゆる方向から中継された深夜のジーホテル・ベイが映し出されている。先端に行くにしたがい細くなる、ナイフのような形状の高層ビル。窓はすべて電気が消えた灰色のナイフが、まるで無人の廃墟《はいきょ》のごとくに闇夜にぼうっと浮かび上がっている。

そのホテルの図面が広げられたデスクを、今、特捜班プラス一名が取り囲んでいる。

彼らがすべきは、この巨大ホテルをジャックした犯人たちの、速やかな制圧。

もちろん、人質五五〇名の安全を確保した上での、まったく困難な任務である。

稲見が言った。「……お客さんからひとりでも死人を出したら、まずいわけだよね」

「もちろん」即座に田丸が頷《うなず》いた。「死なせるどころか怪我でもアウトだ」

大山も、皮肉交じりに言った。「ホテル施主の大臣さまの、沽券《こけん》に関わるからね」

「もっとも、犯人についてはその限りじゃない」班長である吉永が言った。「多少手荒に扱っても構わん」

「青二才に社会の怖さを思い知らせるってやつですね」

「そうだ。潜入し、犯人を速やかに確保。それが俺たちの任務だ」

「了解。で、どうやって潜入します？」稲見が図面を指差した。「連中、高層階にいるんでしょ？　潜入するにしたって、奴らがいる高層階までどうやって上がっていくかが問題になりますけど……エレベータは使えないんだよね」

「ああ」田丸が首を縦に振る。「地下の配電盤が破壊されているからな」

「エレベータそのものはどの階にいるんだろうな」

「四台は一階、一台は最上階」脇に置いたノートパソコンを右手だけで操作しながら、大山が答えた。「ちなみに定員はどれも十一名」

「なんでわかるんだ？」

「ハックしたから。エレベータ管理会社のサーバを」質問した稲見を一瞥《いちべつ》もせず、ディスプレイを見つめたまま大山が答えた。

「さっすが」と樫井。

稲見もまた感心しつつ続ける。「電源が死んだら、代わりに非常電源は動くんじゃないか？　こんなでかいホテルなら万一に備えたものがあるはずだろ」

「もちろんある」吉永が、図面を示しながら言った。「ここと、ここと、ここだ。最上階と、地階と、あとは二十五階に、分散して設置されてる。エレベータのコントロールパネルとともにな。だが、今は全部無効化されている」

「なんでです？」

「地階のものは銃撃戦の際に破壊された。最上階と二十五階のものは、おそらく犯人たちが自分でオフにしている。したがってエレベータは止まったままだ」

「なるほど。用意は周到ってわけだ」

「それに、そもそもエレベータを使って侵入する作戦が得策とは言えない」

「なんでです？」

「待ち伏せされるからだよ」稲見の問いに、田丸が答えた。「エレベータが動き出せば、犯人はすぐ気づく。そのまま止まる階をコントロールされて一網打尽だ」

「はー、なるほどね」頭の裏に手を回しつつ、稲見は言う。「そしたら、階段を地道に上って行くしかないってことになるけど……」

「うん。それもダメだ」樫井が首を左右に振った。「階段こそ、間違いなくライフルを構えた連中が見張ってるはずだからね。それだったら、梯子《はしご》車でも投入して、外から突入するほうがいいんじゃないかな」

「残念だが、二十階まで届く高さの梯子車が存在しない」田丸が言った。「それに、派手な突入は、今回はご法度だ」

「だったら、ヘリを使って、屋上から侵入するってのもダメか」

「ああ、それこそ派手すぎる」大山の言葉に、吉永が続けた。「しかも、ロケットランチャーを持った仲間がいるという情報もある。奴らがそこまでの武器をきちんと扱えるかどうかは分からないが、仮に屋上で使用されれば周囲への二次災害を免れない。したがってヘリは使えない」

「最悪、大臣には涙を呑《の》んでもらうとしても、二次災害はできるだけ避けたいなあ

「……」稲見が、小さな溜息《ためいき》を吐いた。

「あーもう、一体どうすればいいんだろ」大山が、大きく背凭《せもた》れに体重を預けると、ギィ、と椅子が苦しそうな悲鳴を上げた。

そんな様子を、ただじっと見つめていた妹尾は――。

「……いつもこんな調子なのか、田丸」と、そっと問う。

「ああ」田丸が、口角を上げながら答えた。「面白いだろ？」

「面白いというより、おかしいよ」苦笑いを浮かべつつ、妹尾は言った。「狂ってる」

「それが特捜班さ」

『ねえ、あたしも発言していい？』不意に、音割れの激しい声がする。

と同時に、全員がデスク上の小さな機械に視線を送った。

それは、青沼が置いて行った、高石と繋《つな》がったままのスマートフォン。電話の向こうで、今の会話をすべて聞いていた高石は、一拍置いてから、言った。

『実はね、いい方法を思いついたんだけど……聞く？』

＊

「……えらいことになった」

窓から横浜港の夜景を見下ろしつつ、稲見は呟《つぶや》いた。

十九階の一室。この高さからは、イルミネーションに照らし出され、白からピンクへと徐々に色を変えていく横浜の観覧車も、静かに屹立《きつりつ》するマリンタワーも、よく見える。

「ああ、まさかこんなことになるなんてな」田丸もまた、渋い表情で淡々と準備を続けながら、応じた。「だが稲見。お前には願ったりかなったりなんだろ？」

「んー、まあ、そうなんだけどね」動きやすい作業服の上から、ハーネスの命綱を着用する。もしものときには、これが文字どおり稲見の命運を左右するのだ。「でも班長も班長ですけどね。まさかゴーサインを出すなんて、俺だって思いませんでしたもん」

「……まあな」田丸が苦笑した。

『全部聞こえてるぞ』ヘッドセットから、吉永の声が聞こえた。『無駄口は叩《たた》くな。任務に集中しろ』

「りょーかい」稲見はおどけつつ答えた。

稲見と田丸の会話は、ヘッドセットを介して、すべて特捜班とスマートフォンの向こうにいる高石にも聞こえるようになっている。そのマイクを手で押さえると、稲見は、田丸に苦笑いを浮かべて見せた。「……静かにしなさい、ってさ」

——午後九時五十分。ここは、ジーホテル・ベイの十九階だ。

再び視線を落とすと、ホテルの真下、埠頭《ふとう》沿いの人気のない道に、黒いバンが止まっているのが見える。

一見するとどこにでも走っているようなごく普通のバンだが、あの中には実は、最新機器がぎっしり詰まっている。特捜班プラスアルファ——吉永と樫井、大山、そして妹尾がひっそりと待機しているのも、あの車の荷台だ。

稲見と田丸が夜に紛れて地下から侵入し、ホテルの階段を十九階まで上がると、決められた空き室に入ったのは、ほんの五分前のこと。

手早く装備を装着すると、稲見は自分の命綱の一端を田丸に手渡した。「田丸さん。もしものときは頼みますよ」

「…………」ぼんやりと、何かを思案する田丸。

「……田丸さん？」

「あ……すまん」はっとしたような表情を見せると、田丸はその命綱を受け取り、自分のハーネスに接続した。

これで稲見と田丸は、腰の命綱を介しお互いの命を助けあうバディとなった。

しかし先刻、一瞬だけ見せた田丸の空虚——一抹の不安を覚えた稲見は、ことさら明るく声を出す。「ねえ田丸さん。これで死んだら、俺ら二階級特進かな」

「……さあな」苦笑しつつも、クールに答える田丸。

いつもどおりだ――ほっとしつつ稲見は続けた。「ほんと嫌になっちゃいますよね。こんな危ない橋を渡らされるなんて、つくづく警察官は損ですよ」

「そう思うなら、どうしてこんな仕事に就いた」

「そりゃあ、田丸さん……」悪戯っぽい笑みを口元に浮かべつつ、稲見は言った。「もう、飽きたからですよ。極真空手の師範代をするのも」

「…………」なんだそりゃ、といつもの馬鹿馬鹿しい冗談に、田丸は肩を竦《すく》めた。

やがて、吉永が言う。『……準備はできたか』

「はい」稲見と田丸が、同時に頷《うなず》く。

『よし』吉永は、落ち着いた声色で、二人に言った。『今こそ、古《いにしえ》の教えに言う「窮地にこそ活路あり」だ。繊細に、かつ大胆に行ってこい！』

「了解！」

大きく返事をすると、田丸は、並んで窓へと向かって歩き出す。

そんな田丸を追いつつ、稲見が小声で問う。「田丸さん、さっきのって何でしたっけ？」

「兵法だよ」田丸が、無表情で答えた。「孫子の兵法。二千年前の教えさ」

＊

四十分前――。

『あたし、今二十三階の部屋にいるんですけど』高石が、電話の向こうで言う。『ベッドルームから外に面した窓のうち、ひとつだけ開く窓があるの。もちろんストッパーが付いていて、ほんの少ししか開かないけど』

「まあ、下手に開いたら転落事故が起こるしな」

『ですよね』稲見の言葉に、高石は続けた。『ところが実はあたし、今、工具を持っていたりする』

「工具？　何の？」

『ドライバーとレンチのセットよ。刑事の必需品』高石は得意げに言った。『……ね？』

「はあ」

『はあじゃないわよ。わかるでしょ？』高石は、苛立《いらだ》つような声を出した。『私はね、窓のストッパーを外せるって言ってるの』

ストッパーを外せる。その言葉に、ピンとくる特捜班一同。

もちろん稲見も、高石の意図することはもうわかっていたが、あえて問い返す。

「……ってことは、つまり？」

『ほんと、察しが悪いわねー、まだわかんないの』呆《あき》れたように、高石は言った。

『階段が二十階あたりで封鎖されているなら、とりあえず十九階まで上がってきて、そこからは外を経由して、二十二階から入ればいいってこと。あたしがこの窓を開けておくから』

つまり、三階分、外壁をよじ登るということ。

突拍子もない作戦に、途方に暮れたようにお互いの顔を見回す特捜班に、高石は、どうということもないような、しかし挑発的な口調で言った。

『このくらい、できるんでしょ？　特捜班《あなたたち》なら』

＊

できるんでしょ、だって？

まったく、他人事《ひとごと》だからって、好き放題言ってくれる。だが班長も班長だ。「もちろんだとも」と即答するとは。

先刻のやり取りを思い出し、苦笑しながらも、稲見は十九階の窓を開けた。

「……寒っ！」

十センチ、拳《こぶし》ひとつ分ほど開いた窓の隙間から、刺すような冷気が流れ込む。春とはいえ、夜の空気はいまだ冬。しかもここは周囲に遮る建物もない海沿いだ。作業着越しに染み込んでくる寒さに、肌がざっと粟立《あわだ》つ。思わず身体を竦めている稲見の背後で、田丸が言った。「ストッパーを外さないと、それ以上は開かないぞ」

ドライバーを手に、田丸は、稲見の横からストッパーが取り付けられた窓枠に向かうと、そのまま器用に金具を外しに掛かる。

「外せます？」

「どうだろうな」答えながらも、田丸の手元は迷うことなく素早く動く。

「二十二階のも同じ造りなんでしょうね」

「たぶんな。ホテルの設備はどれも規格化されてるからな」

「高石も作業できてるかな」

「気になるのか？」

「そりゃあ、まあ」稲見は、頭を掻《か》いた。「あの子、よく見れば意外と可愛いでしょ」

「浮気性だな。……よし」薄く笑みを浮かべつつ、田丸は取り外されたストッパーの金具を手に窓枠から離れた。

「さすが田丸さん、十秒掛かりませんでしたね」

「まあな」これくらい当然のことばかりに、無表情で頷く田丸。

そんな田丸に心強さを感じつつ、改めて稲見は言った。「さて、それじゃあ行きますか」

窓を——押し開ける。

と同時に襲い掛かる空気の塊に、稲見は一瞬、目を細める。

一方、邪魔する者のない窓は、外側に九十度、抵抗らしい抵抗もないまま全開になった。

冷たい空気を押しのけると、稲見は窓枠に手を掛け、上半身を乗り出す。

「おー、絶景かな」

地上十九階、約七十メートルの高さから見る、ガラス越しではない、夜の横浜。

黒い漆器に金砂を散りばめたような夜景が、落ちれば間違いなく死ぬだろう恐怖感とも相俟《あいま》って、儚《はかな》い美しさで煌《きら》めいている。

ははは、と楽し気に笑うと、稲見は一転、身体を半回転させ、外を背にして、窓枠に腰掛けた。

そして、爪先をベッドに引っ掛けて身体を固定すると、そのまま、上半身だけを夜の空へと少しずつ乗り出していく。

「危ないぞ、稲見」

「いいじゃん。これからもっと危ないことするんだし」迫り来る恐怖に、しかし心を躍らせながら、稲見は身体を水平に保ちつつ、手を横に広げた。「ああ……気持ちいいな」

それは、まるで夜空のベッド。

だがその刹那《せつな》、虚空に横たわる稲見の身体を、不意の突風が吹き上げる。「おっと！」

「大丈夫か？」

「もちろん」身体を起こしながら、稲見は言った。「これくらいで死にゃしないよ」

「ならいいが……そろそろ真面目に仕事しろ」

「アイ、サー」おどけつつ、稲見は改めて周囲を見た。

稲見が腰掛けているのと同じ窓枠が、横にも、下にも、もちろん上にも続いている。さっき田丸が言ったように、ホテルの設備は規格化されている。合理的だが無機質なその並びを追うと、ちょうど三つ上の窓が、少し開いているのが見えた。

「……二十二階。あそこか」

呟《つぶや》くのと同時に、その窓がパカンと、九十度に開く。

そこからひょっこりと首を出すのは——見覚えのある女。

「おー、高石ちゃん！」稲見は大きく手を振った。

真下にいる稲見に気付き、一瞬、ほんの少し嫌そうな表情を浮かべた高石だったが、すぐ真剣な表情に戻すと、二言三言口を動かした。

『落っこちるわよ』彼女の呟きが、ヘッドセットを通じて聞こえてくる。

稲見は白い歯を浮かべて答える。「大丈夫。君がそこで待っててくれるんならね」

『……………』しばし心の底から嫌そうな表情を浮かべてから、高石は言った。『ここよ。気を付けて上がってきて』

『そうだ。慎重に行け、稲見』吉永の指示も、ヘッドセットから聞こえてくる。

「わかってますって」稲見は言った。「しっかり捕まえてくれよ、高石ちゃん」

『もちろんよ』三階上に見える窓から、おそらくできる限り身を乗り出しながら、高石は言った。『でも次に高石ちゃんって言ったら、あんた落っことすからね』

「ははっ！」

攻撃的な高石の言葉も、しかし今は恐怖感を和らげる効果がある。

部屋の中にいる田丸に、ちらりとアイコンタクトを取ると、稲見は上の窓枠を両手でつかみ、言った。「……行くよ。田丸さん」

稲見は、勢いを付けると、身体のすべてを窓の向こうに躍らせた。

足が宙に浮く、奇妙な感覚。

重力が容赦なく、稲見を奈落《ならく》に突き落そうと試みる。

だが鍛え上げた稲見の両腕は、冷酷な荷重など物ともせず、筋肉を隆々と盛り上げる。

まだ、余裕があるな——笑みを浮かべつつも、稲見はわざと、左腕を離し、身体を外側に向けた。

刹那、稲見の眼前に広がるのは、美しい横浜の夜景。

それは、圧倒的な「死」の現実感と隣り合わせの、ひりつくような光の渦——。

あー、キレーだなー——心の中で呟きながら、一秒か、十秒か。腕一本にこれまでの人生のすべてを預けたまま、しばし恍惚《こうこつ》として目を細める、稲見。そこに——。

——突風。

「おっと！」身体が煽《あお》られ、慌てて左腕で窓枠を摑《つか》む。

「何してんだ！」田丸が真下で怒鳴る。

「凄《すご》いよ田丸さん！　手が滑ったら俺、一巻の終わりだ」

「……ふざけてる場合じゃないぞ」窓から覗《のぞ》く田丸は、無表情のまま稲見を窘《たしな》めた。

「お前だけしかできない技術《こと》なんだ。成功の確率を無駄に下げるな」

「はい。真面目にやります」宙づりのまま肩を竦《すく》めると、稲見は改めて、上を向いた。

窓枠に懸垂したまま、上体を引き上げ、右手を上に送る。

ホテルの壁面はボード張りだが、ほぼ一メートルごとにボードの目地がある。細い目地だが、深さがあるから、指先を引っ掛ければ稲見の体重は十分、支えられる。

『行けそうか？』

ヘッドセットの向こうの吉永に、稲見は「もちろん」と即答する。「余裕ですよ。班長」

――嘘だった。本当は、これは稲見にとってもギリギリのクライミングだった。

だが、そんな内心を稲見はおくびにも出さない。

それどころか、むしろその生死の狭間《はざま》を愉《たの》しむかのように、稲見はギリギリの世界に唯一示された生きる道、ボードの僅《わず》かな目地に指を這《は》わせつつ、身体を少しずつ、より高みへと押し上げていった。

一メートル――二メートル。十九階から――二十階へと。

『……焦るなよ』すでに直接聞こえなくなった田丸の声が、ヘッドセット越しに聞こえてきた。『慎重に行け。無理はするな』

「いえ、無理しますよ。時間がありませんからね」

人質から漏れていくホテル内部の状況が騒ぎを大きくする前に、事件を片付けてしまうこと。それが任務である以上、迅速さもまた求められる要素のひとつである。

ギリギリの状態で奮闘すること数分。ようやく二十階の窓枠に、稲見は辿《たど》り着く。上を見れば、心配そうな高石の顔がさっきより大きく見えている。

あと二階分か――。

毒づきながらも気遣いを見せる彼女のためにも、この任務は何としても成功させなければなるまい。

唯一安心して体重を預けられる窓枠で一旦《いったん》、ほっと息を吐くと、稲見は――十秒だけ休息してから「はっ！」と再度気合いを入れ、もうひとつ上の階へアタックを開始した。

腕を、伸ばす。指を、掛ける。

その一点を支点に身体を猫のように屈曲させ、決して滑り落ちない姿勢を確保しながら、さらに身体を高みへと押し上げていく。

幾度か繰り返し、ようやく二十一階の窓枠まで到達する。

上を見る稲見。すぐそこに、二十二階から顔を出す高石の顔が見える。

「……やるじゃん」高石の声が、もうヘッドセット越しでなくとも聞こえる距離。

「もう少しだぜ」そう呟きつつ、稲見が、窓枠からさらに上へと身体を躍らせた、まさにそのとき――。

不意に、高石の顔が窓枠の奥に引っ込んだ。

ん？ ――眉《まゆ》を顰《ひそ》める稲見。今のはなんだ？ 高石は何してる？

だが、いつまで経っても高石の顔は、窓枠から現れない。

悪寒が背筋を走り抜けるのを感じながら、稲見は直感的に呟いた。「……やべーぞ」

一歩、後退《あとずさ》る──身体を体重が引っ張るままに一足だけ下ろした、その瞬間。

全開になった窓から、何者かが覗く。

それは、全身黒ずくめに、目だし帽を被《かぶ》り、ライフルを構える何者か──。

『稲見っ！』ヘッドセットの向こうで、田丸が叫ぶ。

と同時に、パン！と乾いた音が響く。

稲見はその刹那、確かに見た。銃口の奥で橙色《だいだいいろ》の火が弾《はじ》けるのを。そして。

「……がっ！」

こめかみに、火花が飛ぶ。

灼熱《しゃくねつ》とともに生温い粘液に視界を遮られ、ほんの僅かな混乱が、稲見の脳内を駆け抜ける。そのパニックが、絶妙なバランスを保つ稲見の指先にも、僅かな揺らぎをもたらした。

何が起こっているか──理解できない。

『稲見ィ！』ヘッドセットから、田丸が絶叫する声。

響き亘《わた》る大音声。ようやく稲見は、目の焦点を合わせた。

星が、輝いていた。あれは──しし座の一等星、レグルスだ。だがなぜあの星が足下にある？

パン！

同じく下から聞こえたライフルの第二声と同時に、稲見のヘッドセットが弾け飛ぶ。

衝撃に耐えつつ、稲見はようやく状況を理解した。

そうか、俺は——落ちている！

「稲見、踏ん張れ！」田丸の絶叫。だが、目の前を通り過ぎていくその声と、田丸との間をへその緒のごとく繋《つな》がる命綱が示すのは、もはや重力加速度が命ずるまま落ちるしかない稲見に与えられた、ただひとつの策。

「アイサー！」稲見もまた叫び、身体を丸めた。と同時に——。

衝撃。

ぐおッ——稲見は海老《え び》反りつつ、声にならない声を上げる。

だが、慣性の法則に翻弄《ほんろう》される暇もなく、遠くに去った二十二階の窓から、禍々《まがまが》しい黒いシルエットの男がなおも向けるライフルに、三たび火花が弾けるのが見える。

パン！という軽い第三声とともに、耳の傍を何かがヒュルヒュルと通り過ぎる。

それが脳天を貫かなかったのは、幸運か。ホテルの壁面に叩《たた》き付けられバウンドした稲見は、振盪《しんとう》する脳を根性でねじ伏せると、すぐさま、体勢を整え足を下に、叫んだ。「田丸さん！」

「来い！」すぐ上の窓際で無表情に青筋を浮かべつつ、懸命に命綱を引く田丸が叫ぶ。

「うおぉぉぉ！」壁面を駆け上がると、すぐさま両手を投げ出す。

指が、窓枠に当たる。「掛かった！」

だが一瞬上を見ると、黒いシルエットが四発目の照準を合わせている。

コンマ一秒、イチかバチかの勝負。稲見は指を支点に、反動で身体を捻《ひね》り上げた。

パン！　鉛直下方へと、音速を超えて鉛弾が切り裂いたのは――。

虚空。

間一髪。そのときすでに、稲見の身体はうつ伏せに、隣で仰向《あおむ》けの田丸とともに、十九階の部屋に転がっていた。

「助かった！」荒い息とともに、吐き出すようにして言うと、稲見はすぐさま田丸に問うた。「高石ちゃんは？」

眉間《みけん》に皺《しわ》を寄せつつも、田丸はあくまで冷静に、ヘッドセットに問う。「高石、無事か」

『……ぶ、無事よ』数秒後、高石が答えた。『なんとか、倉庫まで逃げてきた』

「そうか、よかった」稲見が大きく息を吐く。

ヘッドセットから、吉永の声も聞こえる。『大丈夫か田丸？　状況を伝えろ』

「すみません班長。失敗です」

『……そうか。稲見は？』

「稲見も、無事です」ようやく、口角をほんの少しだけ上げる田丸。「間一髪でした」

『ごめんなさい、あたしのせいです』高石が言った。『たぶん、窓を開けたのを気取られたんです。それであいつ、部屋にいきなり入って来て……もう少しうまくやるべきでした』

『仕方ない。それより無事で何よりだ』

『本当にごめんなさい』

神妙な声色で言う高石に、吉永は指示を与える。『君はもうスマホの充電ができない。一旦切って指示を待て。……連中には見つからないように』

『わかりました』プツン、ツー、ツー――とスマートフォンが切られる。

『田丸、稲見』吉永は次いで、未《いま》だ息の荒い二人に指示を与えた。『お前らもすぐそこから撤退しろ。そこに連中が下りてくる可能性が高い』

「わかりました」答えるや、田丸が立ち上がる。

稲見も、追い掛けるように素早く後を追う――だが。「あ痛ッ」

「どうした？」

「……あー、ちょっとやられてるな」ピリリと痛んだこめかみに触れると、指先に血がベットリと付く。「軽く被弾した」

「骨は？」

「いってない。文字通りかすり傷ってやつだな」

「そうか。ならよかった」冷静な口ぶりのまま、踵《きびす》を返し、再びここを去ろうとする田丸を、稲見は――。

「ねえ、田丸さん」一旦、呼び止める。

「……なんだ」

「その……」急いでいるのだと目で訴える田丸に、目でコンタクトを取る稲見。

その視線は、田丸のヘッドセットに注がれている。最初は訝《いぶか》しげだった田丸も、何かを察し、すぐさまそのマイク部分を手で覆うと、再度問うた。「何かあったのか、稲見」

「なんでバレたんだと思います？」稲見は、早口だが明瞭《めいりょう》に言った。「俺たちの作戦。秘密裏に動いていたのに、どうしてあいつら気づいた？」

「高石が自分で言っていただろ。『窓を開けたのを気取られた』って」

「いや、高石だって細心の注意を払ったはず」稲見は、首を左右に振る。「あの子のせいでバレたとは思えない」

「……何が言いたい」眉を顰めた田丸に、稲見は――。

「漏れてる。俺らの行動が」

「…………」稲見の言葉に、しばし無表情――いや、ほんの少しだけ目を細めたまま、なお沈黙していた田丸だったが、ややあってから、口を開いた。「……思い過ごしだ」

「違うよ田丸さん。だって、そうでなきゃさ」

「ストップ。仮にお前の言うとおりだったとしても」田丸は、稲見を咎《とが》めるように言った。「もう尻尾《しっぽ》は摑《つか》み損ねた。議論は続けるだけ無駄だ」

「…………」稲見は、ぐっと言葉を呑《の》み込んだ。

田丸に止められたからではなく、確かに議論が無意味だと気付いたからだ。だから稲見は、こう毒づく。「はっ、もはや摑めない尻尾《フェアリー・テイル》ってわけか」

「そういうことだ」マイクを覆っていた手を外すと、田丸は、いつもの口調で言った。

「逃げるぞ、稲見」

「アイ、サー！」おどけて答えると、稲見は、走り出した田丸の後をすぐさま追い掛けた。

けれど――本当は、走りながらも稲見は、妙に気になっていた。

いましがた、一瞬だけ――そう、ほんの一瞬だけ、まるで躊躇《ためら》うかのように細められた田丸の瞳《ひとみ》の、その本当の意味が何なのかを。

6

「振り出しか！」

珍しく苛立《いらだ》ちを顕《あら》わにすると、吉永は、自分のジャケットとヘッドセットを、オフィスの椅子に向かって、投げつけるように放った。「今何時だ」

「えーと」樫井が、壁掛け時計を見上げつつ言った。「十二時ですね。あ、ちょうど今、日が変わった」

妹尾もまた、低く唸《うな》りつつ言った。「三時間、無駄にしたってことか……」

「くそッ」デスクに両手を突き、項垂《うなだ》れる吉永。

午前零時のオフィスには、重苦しい雰囲気が漂っていた。

作戦は失敗に終わり、特捜班と妹尾はとりあえず無事オフィスに戻ってくることができたものの、未だホテルにいる高石とは連絡が取れず、無事が確認できていない。

妹尾の額に浮かぶ剣呑《けんのん》な縦皺こそ、部下が未だ危険の渦中にあることへの不安の表れだ。だがかといって不用意に電話をすると、彼女の身に危険が迫るおそれもある。

連絡は最小限に留《とど》めなければならないのだ。

閉塞感《へいそくかん》に、しばし無言の一同だったが、そんな中でも吉永は、班の指揮官らしく、気を取り直したように顔を上げると、いつもの口調で――しかし眉間には深い影を浮かべたままで――問うた。「作戦を練り直す。何か策はあるか」

だが――。

「…………」さっき一度は煮詰めたところから、すぐに次の妙案が出てくるものではない。

それでも、しばしの沈黙の後――。

「……例えば、催涙ガスを撒《ま》く、ってのはどうです？」樫井が口を開いた。「十三士の連中だって人間です。上手《うま》く使えば自由を封じることができるかもしれない」

「ダメだ」吉永がぴしゃりと却下した。「一般人に被害が生じ得る作戦は、取り得ない」

「……ですよね」それは当然だとでも言いたげに、樫井は首を傾げた。

「大山、お前は何かあるか」

吉永に指名され、はっとしたように顔を上げる大山は、ややあってから目線を背けるようにして、言った。「あたしは……特には」

「どうした。なんだか気乗りしない風じゃないか？」

こめかみにバンドエイドを貼り付けた稲見に問われた大山は、腕組みをして、一度「うーん」と深く唸ってから、答えた。「……正直に言いますけど、あたし、この革命が成功したら面白いなと、ちょっと期待しています」

「おい、これは任務だぞ！」

「もちろんわかってます」吉永の言葉に頷《うなず》きつつ、大山は言った。「ただの私見です。

それに、革命を成功させる手段として関係のない一般人を殺したのは、やっぱり許せることじゃありませんから。ただ……」

逡巡《しゅんじゅん》はしている。そう言いたげに、大山は静かに壁に凭《もた》れた。

そんな大山を見ながら、稲見は思う――反体制に惹《ひ》かれるなんて夢見がちなところは、彼女らしいと言えば彼女らしい。けれど本当に、夢見がちだと言うだけで、済ませられることなのだろうか？

それがいつか、特捜班にとっての致命的なミスに繋《つな》がることも、あるのではないか？

「いっそ、強行突破したらどうだ」それまで緘黙《かんもく》に徹していた妹尾が、顎《あご》に手を当てたままで口を開く。「正攻法が、活路を切り開くかもしれん」

「言うことはもっともだ。だが」妹尾の言葉に、田丸が抗弁する。「連中が多くの宿泊客を人質にしている以上、強行突破は犠牲を免れない。その判断は、俺たちにはできない」

「もちろんわかってるさ」妹尾が、口の端を上に曲げた。「でも、正攻法はそれだけじゃないだろ？　そう、例えば……屋上から突破を図るとか」

「屋上？」

「ああ。ロケットランチャーを構えてる奴にバレないように、屋上から潜入するんだ」

「どうやって」

「グライダーだよ。闇夜に紛れて潜入するんだ」

「なるほど、グライダーか」田丸は思う。妹尾の言うことはつまり、全身を漆黒で纏《まと》い、真っ黒なグライダーで音もなく滑空すれば、十三士の連中には気付かれず、屋上に降り立てるかもしれない。つまり——。「……アリだな」

「だろ？」

「いや、ナシだ！」吉永が、大きく首を横に振った。「よく考えてみろ、いくらなんでも危険すぎる。班長として、お前らをこれ以上危険に曝《さら》すわけにはいかん。そもそも、グライダーの技術に自信のある奴はいるのか」

「………」稲見だけが無言で手を上げた。自衛隊で特殊訓練を受けていた稲見だからこその自信だが、裏を返せば、稲見以外でそこまで訓練を受けている者など誰もいない。

「な？　自分たちにできることを考えろ」

「うーん、ダメか」吉永の言葉に、妹尾が肩を落とす。「お前らならやれそうな気がしたんだが」

「待って、確かにグライダーは無理かもだけど」樫井が顎を擦《こす》る。「パラシュートって手はあるんじゃないかな。それなら俺も操れる」

「あ、それならあたしも経験ある」すぐさま大山も挙手した。

「ダメだダメだ、その発想から離れろ！」吉永が強く特捜班を制する。「そもそもグライダーは素早いから作戦として成功するんだろう！　パラシュートじゃ即座にロケットランチャーの餌食《えじき》だぞ」

「いや、そうでもないですよ班長」珍しく樫井が抗弁する。「パラグライダーなら、それなりの速さも確保できるはず」

「速度じゃない、面積の問題だ」吉永もまた反論する。「パラグライダーは巨大すぎる。そんな目を引くものを使えば、ロケットランチャーのいい的じゃないか」

「確かに、それはそうですが……」珍しく、吉永に再度の反論を述べようとする樫井。だが――。

「……なあ、皆《みんな》」議論に割り込むように、ふと、稲見が呟《つぶや》く。

その呟きに、全員が話すのを止め、稲見を見る。

吉永が、言う。「……どうした稲見。いい作戦でもあるのか」

「いや、そうじゃなくて」腕組みをしたまま下を向いていた稲見は、ちらりと全員を一瞥《いちべつ》すると、訝《いぶか》しげに言った。「何か、変な気がする」

「変？」吉永が、眉《まゆ》を顰《ひそ》める。「どういう意味だ。説明しろ」

「上手《うま》く言えないんすけど、何というか、今は下手に動かないほうがいいんじゃないかと」

「動かないほうがいい？　……どうしてそう思う」

「んー、特に理由があるわけじゃなくて……強いて言えば、勘かな」

「勘だと？」馬鹿な——と言いかける吉永。だが吉永はそうは言わず、むしろ口を噤《つぐ》む。

稲見の勘。そこには、作戦のヒントがあると睨《にら》んだからだ。

続けろ、と顎で示す吉永に、稲見は続ける。「下手に動かない方がいいってのは、要するに、見ているものだけで判断すると、奴らの思う壺《つぼ》になる気がする、ってことです」

「見ているもの……情報か」

「ええ。俺らはあまりに情報不足だ」稲見は、そこにいる五人を一瞥した。「隠されている切り札に、俺らはまだ気づいていないいんじゃないかな」

「切り札か」田丸は、数秒の間を置いて言った。「どうして切り札があると思うんだ、稲見」

「切り札もなしに、こんな蛮行には走らないからだよ」稲見は続けた。「奴ら、ただの愉快犯じゃあない。成功をきちんと見据えて、訓練して、武器まで用意してるんだ。

でもよく考えたら、こんな立てこもり、成功するわけがないよね？　警察の物量で押し切られたらそれで終わりだし」

「確かにそうだ。だが、それでも凶行に走った。それは……」

「うん。持ってるからさ。奴らに成功を保証するだけの切り札を」稲見は、田丸に頷いた。

「勘にしちゃ的確だな」苦笑しつつ、吉永も問う。「だが奴ら、切り札に何を隠してる？」

「それはわかりません」稲見は首を横に振った。「でも裏を返せば、そこがはっきりするまでは、拙速に動かない方がいいような気がします」

「……もしかして、爆弾？」大山が言う。「全員を道連れにできる爆弾があれば、十分駆け引きできる切り札にならない？」

「確かにね」樫井が応じる。「でも違うと思う」

「なんで？」

「なんでだろ。これも勘かな」

「樫井さんも？」

「はは、冗談だよ」訝しげに目を細めた大山に、樫井は笑みを見せた。「稲見くんの真似しただけ。でも嘘は言ってない。たぶん爆弾じゃない。そういう匂いがしないからね」

「いずれにせよ、だ」吉永が、錯綜《さくそう》し始めた議論に釘を刺す。「切り札の存在を意識すべきなのは事実だ。奴らがどんな手の内を隠しているのかがはっきりするまで、派手な動きは慎もう。そうでなけりゃ……」

おもむろに全員を一瞥すると、吉永は言った。

「俺たちが、罠《わな》に嵌《はま》る」

＊

その瞬間。

ピピピピ——吉永の懐で、スマートフォンが鳴る。

素早く取り出し、ディスプレイを見るや、吉永は顔色を曇らせる。「青沼課長だ」

何かあったのか——そう呟きつつ、特捜班の全員に聞こえるようにスマートフォンをスピーカーモードに変えると、吉永は電話に出た。「はい。吉永です」

『特捜班か？ 今どこにいる』

「オフィスです」

『なら今すぐテレビを付けろ』どのチャンネルでもいい——青沼がそう言うのも待た

ず、大山が手近のリモコンでオフィスのモニターに電源を入れた。

《……から中継です。えー、現場の奥田《おくだ》さん?》

《はい、奥田です。こちらから見えるあちらのジーホテル・ベイ、今はすべての明かりが落ちていますが、あの上層階に何者かが複数、武器を持ち立て籠もっているとの情報があり、現場は緊張感に包まれています……》

「マジか」稲見が呟く。

「ほかのチャンネルは?」吉永の問いに、大山が素早くリモコンを操作しテレビのチャンネルを変えるが、すべてのチャンネルが、仰ぎ見る角度こそ違えど、暗闇の中で不気味に聳《そび》え立つジーホテル・ベイを映し出していた。

『……そういうことだ』

青沼の言葉に、吉永が問う。「報道規制はどうなっているんですか」

『抜け駆けした連中《マスコミ》がいた』青沼は淡々と述べた。『警察内部から情報をリークした奴がいたようだ。一社にすっぱ抜かれたら、もうどの局も黙っちゃいない』

「で、ご覧のありさまですか」

『ああ。こうなれば現場に予防線を張る以外には何もできん。連中がヘリを飛ばすのだけは自粛してくれているのが、せめてもの救いだな』

「………」渋い顔のまま、口を閉ざす吉永。

「ってことは、俺らの出番は終わりってことですか」稲見が言った。「もう隠密行動する必要もないですし」

だが青沼は、電話の向こうで『早合点するな』と否定した。『お前らには引き続き、事件解決に向けて主体的に動いてもらうつもりだ』

「なんでです？　SATに任せればいいんじゃないですか」

『人質の安全を最優先するためだ』青沼は、続けて言った。『これだけテレビ中継されているんだ。大掛かりな動きは犯人に察知されるリスクが高い。もちろんSATは近場に待機させるが、あくまでも最後の手段だと判断されている』

「されている？　誰にです？」

稲見の問いに、青沼は端的に答えた。『上だ』

上。すなわち、政治的な判断が働いているということだ。だが——。

「いずれにせよ、こいつは未《いま》だ我々の任務だということですね」

『そういうことだ』

「ねえ、みんな！」突然、大山がノートパソコンを皆に見せる。「大変、これ見て！」

そのディスプレイに映し出されているのは、インターネットの有名投稿サイトだ。

そこに流れるムービーは——黒の背景の前でひとり演説を続ける、大柄な男。

盛り上がった青いチェックのシャツとジーンズ。浅黒く日焼けした真四角の顔に、極太の眉が印象的な若い青年が、ライフルを手に、ムービーの中で演説を繰り返している。
《……我々の要求が通らない場合、ホテルにいる宿泊客の生命は保証しない！　だが勘違いはしないでいただきたい！　我々が要求することは、未来のための第一歩なのだ！　すなわちこの戦いも、この映像を見ている諸君ら日本人ひとりひとりが主役となるべきものなのだ！》
「……こいつ、誰だ？」目を細める妹尾。
「倉橋丈士」すぐ、田丸が答えた。「十三士のリーダーだ」
《……諸君らも肝に銘じたまえ！　この戦いこそが、この日本という国をより素晴らしいものとするための、まさに聖戦そのものなのだと！　繰り返す！　我々の要求が通らない場合、ホテルにいる宿泊客の生命は保証しない！》
ひとり気が触れたように気焔《きえん》を吐き続ける倉橋。彼の背後に流れる勇壮なＢＧＭは――『ワルキューレの騎行』
「ふーん。ワーグナー好きなのかな？」
「マイブームなだけじゃない？」大山の言葉に、樫井が答えた。「大学生の政治活動だって、流行《はや》り風邪みたいなものだしね」
『いずれにせよ』青沼が、電話の向こうで言った。『これだけの大事件が解決しないまま長引けば、警察としても苦しい報道対応を強いられることになる。のらりくらりとかわせるのも、せいぜい夜明けまでだろうな』

「つまり、それまでに事件を解決しろと？」

『察しがいいな。まさにそういうことだ』吉永の言葉に、青沼は続けた。『夜が明ければ、上が耐えられなくなる。もちろん被害を最小限に留《とど》めるのも、上の意向だ。要するに……』

一拍置き、青沼はおもむろに言った。

『すべては、お前らの働きに掛かっているわけだ。特捜班であるお前らのな』

＊

電話はそのまま、一方的に切られた。

しばしディスプレイを見つめたまま、長く、しかし深い溜息《ためいき》を吐く吉永。

「……さて、どうしたもんかな」稲見のおどけた調子の言葉にも、答える者はない。

テレビ報道が始まったホテルジャック事件。宿泊客全員の無事を確保しつつ、十三士を壊滅せよ。しかも解決のタイムリミットは夜明けまで――これほど困難なミッションをいかにしてクリアできるのか、いいアイデアが、誰の脳裏にも浮かばないでいるからだ。

だが、刻一刻と時間が過ぎていく以上、途方に暮れている場合ではないのもまた事実。特捜班プラス捜査一課、メンバー全員の知恵を絞って、何としてでも事件を解決に導かなければならない。

そう、解決できる、できないではない。解決するのだ。それはわかっているのだが——。

肝心の、策がない。

再び、閉塞《へいそく》した重苦しい雰囲気がオフィスに流れる中——。

ピピピピ。

吉永の懐で再び、スマートフォンが鳴る。また青沼か——疎ましげな表情で、吉永が電話に出る。「……吉永です」

だが、電話の主は、青沼ではなかった。

相手の第一声に、吉永は、大きく目を見開いた。

「お前……高石か？」

＊

深夜の警視庁、公安総務課長室。

ひととおり通話を終えると、青沼は、爆発物でも取り扱っているかのような慎重さで静かに受話器を置き、それから目の前の応接ソファで足を組み、雑誌を読みながらくつろぐ男に言う。

「……仰せのとおり、連絡しました」

「悪いな」男は——鍛治。鍛治は、読んでいたゴルフ雑誌から悠然と顔を上げた。「これで特捜班はまた動き出す。今夜は君も徹夜だな」

くくく、と愉快気に笑う鍛治。

青沼は自席を立ち上がると、改めて鍛治の目前に腰掛けて、言った。「しかし……これだけ大事になってしまえば、気が気じゃないでしょうね」

「誰のこと?」

「国土交通大臣です。自分のホテルがあんなことになってしまって……」

「大臣? いいんだよあんな奴は。放っときゃいい」手をひらひらと振りつつ、鍛治は続けた。「損でも何でも出しゃいいんだ、自業自得なんだからな。首になったたって知ったことじゃない。大臣の後釜《あとがま》なんざ、なりたい奴はいくらでもいる」

「はあ……」

「それより青沼くん」突然、鍛治は身を乗り出した。「これからが見物だぞ」

「何が、ですか」

「どう走るのかがさ」鍛治は、口角をニヤリと上げた。「君もよく見ておけよ。未曾《みぞ》有《う》の障害に直面したわがサラブレッドたちが、どんな風にそれらを乗り越えていくのかをね」

「……………」

怯《おび》えたように肩を竦《すく》ませる、無言の青沼。

そんな青沼をよそに、鍛治は、上機嫌のまま、再び雑誌を読み始めるのだった。

7

「……君、無事だったんだな」

『ええ、なんとか』吉永の問いに、電話の向こうで高石は言った。『でも大丈夫。内偵は慣れてるから。連中に捕まらないようあちこち逃げ回ってるところです』

「さすがだな」

「当たり前だろ」田丸の呟《つぶや》きに、妹尾が答える。「俺の部下だぞ。このくらい当然だ」

「スマホの電源は？」

『まだ大丈夫』吉永の問いに、高石は即答する。『でも大事にしないと、すぐなくなる』

「了解。手短に行こう」頷《うなず》くと吉永は、必要な問答を続ける。「何があった？　電話してくるくらいだから、何か見つけたんだろ」

『おっしゃるとおり。大変なことを聞きました』一拍置くと、高石は声を潜めるように言った。『奴ら、何か兵器っぽいものを持ってます』

「兵器……？」思わず顔を見合わせる、特捜班。

『さっき、奴らの会話を盗み聞きしたんですが、こんなこと言ってたんです……』

――マスコミが動き出した。

――思ったより早いな。大丈夫か？

――ああ。案ずるな。俺たちにはＶＸがある。

『「ＶＸ《あれ》があれば聖戦は成功する。間違いない」……確かにそう言ってました』

「ＶＸ……」

「もしかしてそれ、ＶＸガスのことじゃないかな？」樫井が目をキラキラさせながら言った。「それが本当だったらえらいことだよ！　ＶＸってのは、コリンエステラーゼを阻害して運動神経をダメにする致死性のガスで、ＬＤ50は１キロ当たり15マイクログラム、人類史上最強最悪の毒ガスだ。俺も現物は見たことがないんだけど、あー見てみたいなあ」

一体どんな匂いがするんだろう？　そう早口で捲《まく》し立てる樫井をよそに、吉永はなおも問う。「……とにかく猛毒なんだな。で高石、そいつがどこにあるかはわかるか？」

『残念ながら、そこまでは』吉永の問いに、高石は悔しそうに言った。『そこまで聞けたらよかったんですけど、見つかっちゃいそうで』

「気にするな。限界があるのはわかってる」

『すみません。引き続き情報収集します』

「よろしく頼む。だが十分気を付けろ。無理はするな。……また連絡する」

『ラジャー』プッ――と、電話が切れた。

ツー、ツーと無機質な音を立てるスマートフォンを数秒、目を細めて眺めてから、吉永は言った。「……VXが、連中の切り札ってわけか」

「そうみたいっすね」稲見が言う。「でも、どうしてそんな猛毒を奴らが？　そう簡単に合成できる化学物質じゃないでしょ」

「自分で作ったのよ」稲見の疑問に、大山が答える。「奴ら、インテリ大学生よ？　大学には原料になる化学物質なんていくらでもある。えーと」

「炭素を大匙《おおさじ》三杯、酸素を小匙一杯。そこにリンと硫黄と窒素をそれぞれ一つまみ」

樫井が続けた。「知識と材料さえあれば、秘密裏に合成することだって、不可能じゃない」

「そんな簡単にできるもんかなー」

「甘く見るなよ」懐疑的な稲見に、田丸が言った。「学生だと見くびれば命取りだ」

「でも、合成するにしたって設備が必要でしょ？」

「あいつらの拠点は大学よ？」大山が答える。「その気になれば設備なんかいくらでもある。そもそも日本は過去、同じような事件で痛い目に遭っているじゃない」

「大山の言うとおりだ。稲見」吉永が、険しい表情で言った。

「『起こる可能性があれば《If it can happen》、それはいつか必ず起こる《it will happen》』。最悪の状況を、いつも頭に思い描け」

「了解」いつもはおどける稲見も、今は神妙に頷く。

ＶＸガスのような凶悪なガスを前にして、人はあまりにも無力だ。いかに鍛え上げた人間でさえも、防護服なしにはものの数秒であっさりと命を奪われてしまうのだ。だからこそ油断は禁物。それにしても――。

「防護服が要るな。ガスマスクもだ」

「ガスマスク……」何気ない樫井の一言に、稲見はふと、フラッシュバックする。

暗い木々――絶望の眼差《まなざ》し――そして懇願――そうだ、あのとき俺は――ガスマスクの奥で――罪もない人間を――この手で――。

「どうした？　稲見」

「……あ、いえ」吉永の声に、稲見は我に返った。「なんでもありません。班長」

「ここからが正念場だぞ。気を張っていけ」

「はい！」稲見は、踵《かかと》を付けてわざと威勢よく返事をした――まるで、強がるように。

「しかし班長、状況がいいとは言い難いかと」田丸が、一度停滞しかけた議論を再開する。「ＶＸはサリンより毒性の強いガスです。もしそいつをホテルの中で撒《ま》かれたら……」

「五五〇人全員お陀仏《だぶつ》だね」アーメン、と樫井が胸の前で十字を切る。「もちろん犯人《あいつら》もろともだけど」

「でも、そのくらいのこと、きっと平気ですると思う」大山も言った。「ある意味、狂信的集団だもの」

「そうだ。だからこそ作戦の方針も自《おの》ずと立ち上がる」吉永が、全員を順繰りに一瞥《いちべつ》しながら言った。「十三士の殲滅《せんめつ》よりも先に、俺たちがまずすべきことがある」

「……ＶＸの、除去ですね」

「そうだ」稲見の言葉に、吉永は大きく首を縦に振った。「奴らはホテルのどこかにＶＸを仕掛けている。そのＶＸを除去することが第一だ」

「切り札を奪うのは、かえって危険では？」田丸が異議を唱える。「自棄《やけ》を起こし、人質にしている宿泊客に危害を加える可能性があります」
「それは大丈夫だ。VXという切り札を失えば、奴らの駆け引き材料は人質だけにな
る。そんな大事な材料をすぐ殺すということにはならない。もっとも、VX除去後の
動きが迅速を要することは変わりないが……」
「ってことは、VXを処理したらすぐに突入ですね?」再び、稲見が問う。だが——。
「それは……」一秒置いて、吉永は言った。「……そのとき判断する」
田丸が、デスクに広げた図面を覗《のぞ》き込んだ。「しかし、除去するにしても、奴ら一
体どこにVXを隠している?」
「手元にある可能性は低いな」同じように図面を覗き込み、樫井も言った。「吸い込
んだだけで死ぬ猛毒がすぐ傍にあるってのは、それだけで心理的恐怖なんだ」
「かといって、必要なときにはすぐ使えるようにする必要もある」
「うん。だからきっと、遠隔で操作できるようにしていると思う」
「……どこに仕掛けた?」
「作動させれば、一番被害を大きくできる場所だね」
「空調機械室じゃないのか」妹尾が、議論に加わる。「このホテル、空調は集中管理
方式だろ? その大元に仕掛ければあっという間にホテル全体にVXが行きわたる」
「確かに、と言いたいところだが、たぶんそれは違う」田丸が反論する。「空調機械

室は非常電源と同じ地下にある。奴らの目も手も届かない場所だ。そんな場所には仕掛けない」

「そもそも空調そのものが動いてないしね」樫井も言った。

「なるほど。でも、だったらどこにあるんだ？」

「それは……」わからない、とばかりに田丸は顔を背けたまま沈黙した。

「あのさ、俺、さっきから気になってるんだけど」稲見が、口を開く。「このホテルのエレベータ、なんで最上階に一台だけあるんだと思う？」

「十三士が使ったからじゃないのか」田丸が答える。「連中が地下を襲い、そこからエレベータを使って最上階に……ん？　待てよ」

「ね？　変だよね」稲見が首を傾げる。「電源と非常電源は地下にある。そこを破壊したらエレベータは動かなくなるから、奴ら、面倒でも最上階に行くのには階段を使うしかなかったはずだ。もちろん二十五階で非常電源を入れそこからエレベータに乗ったのかもしれない。でもエレベータは十一人乗りだ。十三人が使うには二台に分乗しなければならない」

「なのになぜ一台だけが最上階にあるのか」ほんの僅《わず》か思案してから、田丸は視線を向ける。「大山」

「ん。十秒待って」田丸たちの会話から意図を察し、すでにノートパソコンを開きッールを起動していた大山は、言葉どおりぴったり十秒後、答えをホテルのサーバから探り当てた。「……ジーホテル・ベイの最上階は、ロイヤルスイート一室とスイート二室で、今日はどれも空室。従業員のシフトを見てもこの時間、最上階の清掃は予定されていない」

「つまり、エレベータは最上階にはなく、すべて基準階である一階に戻っていたはず」田丸は頷《うなず》く。「なのに一台だけ最上階にある。ということは……」

稲見も大きく首を縦に振った。「奴ら、後からエレベータを最上階に呼んだんだ。非常電源をオンにして」

「どうして、そんなことを？」

「VXだよ！」樫井が叫んだ。「VXは空気より重い気体なんだ！　もしエレベータの穴の最上部でVXが発生すれば、瞬時にVXは縦穴からホテル全体へと充満する！」

「つまり」結論を、吉永が言った。「そこにVXを設置している！」

全員が、同時に頷いた。

すなわち、VXを発生させる装置を安全かつ効果的な場所に設置するため、十三士は、ホテル制圧後にエレベータを最上階に呼び、そこに据え付けたのである。

ややあってから、田丸が呟《つぶや》くように言う。「……設置したのは、リーダーの倉橋か」

「だろうね。こいつ、何者なのかな」

「坂東の手下だろ？」稲見の問いに、樫井が答える。「立誠会とかいうカルトに取り込まれた、カワイソーな人」

「でも、只者《ただもの》じゃない。ねえ、ちょっと調べてくれないかな、大山」

「はあ？」大山はあからさまに嫌そうな顔を見せた。「なんであたしが？」

「だってこういうの、大山しかできないじゃん」

「あたし、便利屋じゃないんですけど」

「そう言わずにさ……ね？」目の前で手を合わせる稲見。

「大山、俺からも頼む」吉永もまた言った。

「……班長のご指示なら、したがいますけど」都合のいいことばかり、だから嫌なのよ、男って――と大山はひとくさり文句をぶつくさ呟きつつも、再びノートパソコンと向き合うと、猛然とブラインドタッチを始めた。

やがて、一分も経たず、ディスプレイに名簿らしきものが表示される。「はい完了」

「何これ」

「名門私立立誠大学の学生名簿。もちろん取得単位数とすべてのテスト結果と担当教授及び学生掛主査の決して外には出せないありがたいコメント付き」

「さすが大山！　日本一のハッカーだけのことはある」賞賛の声を上げる稲見。

「褒めても何もあげないよ。それにあたし、日本一じゃなくて世界一だから」相変わらず顰《しか》めた表情に、ほんの少しだけまんざらでもない雰囲気を漂わせつつ、大山は言った。「……こいつね。倉橋丈士、二十八歳。二浪四留の八回生。随分立派ねー」

「勉強が好きなんだね」樫井が呟く。

学生情報をスクロールしつつ、なおも大山は続ける。「卒業単位まであと二。ってことはわざと留年してるのかな。でも成績は普通。あ、あと立誠会の書記長も務めてる」

「書記長か」田丸が言った。「そこで初代会長だった坂東との繋《つな》がりができたんだな」

「ここに書いてある情報だと、まだ立誠会の構成員は倉橋ひとりだけになってる」

「つまり立誠会は、倉橋の代になって急速に人を増やし、力をつけた」大山の言葉に、稲見も続けた。「そして十三士となって、このテロを起こした」

稲見はふと、投稿サイトで演説をしていたあの倉橋の姿を思い出す。

浅黒く日焼けした真四角の顔に、極太の眉《まゆ》。ある意味では純粋な意志の力を感じさせる倉橋の顔つきは、印象的であるとともに、ある種のカリスマ性も併せ持つ。

十三士は確かに、倉橋を中心として纏《まと》められた、狂信的集団なのだろう。だが——。

稲見は未《いま》だ、解せずにいた。本当に倉橋がすべてを差配しているのだろうか。仮にそうだとしても、あれだけの武装を手配することも、配下に訓練を行うことも、本当に倉橋に可能なのだろうか。あの、社会的には一大学生にしか過ぎない倉橋に。

「…………」

一同は再び、無言になった。倉橋が何者か、それがわかったところで、具体的な作戦が浮かぶわけではないからだ。

行き詰り、閉塞感《へいそくかん》に支配されるオフィス。一体俺たちは、どうやって倉橋に立ち向かえばいいのだろうか――？

――と、そのとき。

「……なあ、お前ら」ふと妹尾が、何かを思い出したように、田丸に言った。「あいつを、使えないか？」

「あいつ？」

「ああ。あいつを動かせば、戦局を打開できる」妹尾が、図面を指差しながら説明を始めた。「いいか、作戦はこうだ。あいつを使ってまずはVXを無効化する。具体的にはエレベータを一階に下ろし解除する。それからホテルに乗り込み、十三士と倉橋を制圧する。制圧には荒事が不可欠だが……それは特捜班《おまえら》の専門だ。できるだろ？」

「もちろんできなくはない。だが、問題はその前だ。電源が破壊されているから、エレベータは使えないぞ」

「非常電源は生きているだろ。そこをオンできれば、エレベータを一階に下ろせる」

「生きているといっても、あるのは最上階と二十五階だ。一体どうやってそこに行けと……あっ！」田丸は、はっとしたように顔を上げた。「そこで高石《あいつ》を使うのか」

妹尾が、小さく口角を上げた。「ああ。獅子《しし》身中の虫って奴だ」

「確かに、高石が動けば成功の目が出る。だが」田丸が、心配気な口調で言った。

「本当にいいのか？」

「何がだ」

「お前の部下を、また危険な目に遭わせる」

「もちろん、これ以上危険に曝《さら》すのは、俺の本意じゃあない。できればこれ以上捜査一課として関わりたくないのも事実だ。だが」妹尾は続けた。「非常電源を操作できるのは、あいつしかいない。あいつにしかできない任務なんだ。それに……」

「……それに？」

「俺たちだって警察官だ。やらなきゃならないときには命も賭《か》ける。それが警察官魂ってもんだろ？」

「……そうだな」薄い笑みを返すと、田丸はそのまま視線を吉永に向けた。「班長、妹尾の作戦、俺は支持します」

「だそうだ！　異論はあるか？」吉永が、特捜班を見回す。

誰も、異議を唱える者はいなかった。そんな特捜班の態度に、満足げな笑みを浮かべた吉永は、デスクに両手を突くと、低い声で言った。

「やるぞ。見せてやれ、俺たちの実力を」

吉永が飛ばす静かなる檄《げき》に、全員が同時に頷いた。

8

「……マジっすか」

特捜班から伝えられた作戦を聞き、高石は無言になった。

二十二階の女子トイレ、しかも用具室。ほとんど光のない暗闇の中、トイレ用洗剤とトイレットペーパーに囲まれた高石。ちょうど《2:00》を表示するスマートフォンを耳に当てつつ、彼女は吉永の指示を受け取っていた。

『信じられんかもしれんが、マジだ。これから何とかして二十五階まで上がってくれ。そうしたらエレベータホールの横、通路の中央にドアがある。そこが非常電源室だ』

「ここから三階分も上がるんですか？　しかもエレベータホールまで、あいつらに見つかることなく行けと？」

『そうだ』

「…………」先刻の銃撃戦以降、十三士の連中はピリピリしているのか、明らかに見回りを強化していた。そんな中を、見つからずに非常電源のある部屋まで行き、しかも扱ったことのない機械を触って電源をオンにしろなんて——。

「滅茶苦茶ですね」高石は思わず、肩を竦《すく》めた。「でも、やらなきゃダメだと?」

『そうだ。すまん』吉永は、困難は百も承知とでも言いたげに——しかしあくまでも冷静な口調で、指示を続けた。『俺たちはすでに一階エントランスに待機している。もし君が成功すれば、エレベータは一階に下りてくるだろう。そうなればVXを解除できる』

「そんなにすぐ解除できるかは疑問ですけど……で、成功したら、そのままエレベータで上がって突入するつもりですか」

『それは無理だ。連中の待ち伏せに遭う。別の突入経路を模索するつもりだ』

「じゃあ、失敗したら?」

『最悪、機械が作動する』

「つまり?」

『VXガスが散布される』

「………」それはつまり、特捜班も含めたホテルにいるすべての生物の死を意味する。

淡々と伝えられる言葉の意味を、重々理解しつつ、高石は言葉を続ける。「……ともかく、あたしひとりでどうにかしろってことだと」

『そうなる。すまん』再び謝る吉永。

指揮官の謝罪の言葉は、まさに死地に飛び込めという指示に対するもの。だが、それとともに、高石を信頼しているということの証《あかし》でもある。

高石は、「まあ、わかりましたよ」ほっと小さく息を吐くと、なおも述べる。「でもエレベータが動き出したら、奴らはすぐ気づいてエレベータを上に戻そうとするはず。どうするんです？　ドアに何か挟んで、戻すのを阻止でもしますか」

『それはできない。奴らがＶＸを遠隔で操作できるようにしているとしたら、エレベータがすんなり戻らないとわかった瞬間、ＶＸを作動させるおそれがある』

「ってことは、ドアが閉まるまでのほんの少しの時間で作業を完了すると」

『ああ。長くて三分……いや、二分だな』

「二分？　たったの？　本当に解除なんてできるんですか？」

『できる』吉永は、力強く即答した。『特捜班《おれたち》を、信じろ』

「………」しばしの沈黙。それから高石は、苦笑しながら言った。「精神論だけを根拠に信じろなんて言われても、呆《あき》れるだけですね」

『すまん』

「でも、よくわかりました」高石は、大きく頷《うなず》いた。「信じますよ。特捜班《あなたたち》を」

その言葉に、ややあってから吉永は、ただ一言だけを答えた。

『よろしく、頼む』

＊

よろしく、頼む——。

「……などと言われたら、頑張りませんとねー」

スマートフォンを切ると、高石は、複雑な表情とともにそれをポケットに戻す。

と同時に、ジャケットの中に隠し持っていた拳銃《けんじゅう》の場所を確かめた。今の高石にとって武器になるものはこのM37しかない。できる限り使用に至るな、と言われてはいるが、最後に自分の身を守るものはこの重い鉄の塊だけだ。

ライフルを持つ凶暴な連中に対する、これが最後の予防線。

ぎゅっと握り締めると高石は、意を決し、静かに用具室のドアを開けた。

薄暗い周囲には——誰もいない。

ここが女子トイレだからといって安心するわけにはいかない。デリカシーの欠片《かけら》もない連中はどこであろうと踏み込んでくるだろうし、そもそも十三士の中には女だっているかもしれない。倉橋のことはよく知っているが、それ以外のメンバーについて、高石にも情報はないのだ。

抜き足、差し足。トイレのタイルにパンプスの踵《かかと》がカツカツとやけに大きな音を立てる。その都度ピリピリと毛が逆立つ嫌な感覚を背中に覚えつつ、高石はそっ——とトイレから廊下に顔を出した。

すぐ傍に、男がいた。

「……！」慌てて顔を引っ込める。

今見た男の姿。網膜に焼付く残像は——背中だ。

つまり見つかってはいない。事実、男が高石を捕縛しようとする気配はなかった。

改めて高石は、呼吸を我慢しつつ、再度できるだけゆっくり顔を覗《のぞ》かせた。

見えるのは、廊下と、そして少しずつ歩き去っていく男の姿。

痩《や》せていて、四肢が長い。遠目にも着用する服がぶかぶかなのが見て取れる。女の高石でも一撃で倒せそうな脆弱《ぜいじゃく》さだが、しかし肩にライフルを掛けている以上、侮りは禁物。

男が角を曲がり、その姿が完全に見えなくなってから——。

「よし」小さく頷くと、高石は廊下に躍り出る。

好都合なことに、ホテルの廊下は、毛足の短い赤いカーペット敷きだった。お陰で高石は、まるで闇夜の猫のごとく、ほとんど足音も立てずに動くことができた。

だがそれは、相手の気配も小さく、察知しづらくなっていることを意味する。こちらが気を抜いて発見されたら、作戦は――いや、高石自身の身の安全も含めて、一巻の終わりである。まさに四方八方、細心の注意を払いながら、忍者の気分で高石は静かに、しかし素早く階段室まで移動した。

防火扉の前で一度、深呼吸。それから、半月の形をした取っ手を摑《つか》み、捻《ひね》る。

キィ――全身の毛が逆立つ。

決してうるさくはない軋《きし》み。だがよく響くその音は、もし感づかれれば命取りだ。

固まった姿勢のまま、再び周囲をきょろきょろと確かめる高石。

大丈夫、見つかってない――変わらず静まり返ったままの周囲にほっとしつつ、高石は防火扉の隙間から、そっと階段室を覗く。

――いた。

ライフルを持った二人の男が、すぐ下の踊り場で屯《たむろ》している。

高石は無意識に、ごくりと唾《つば》を飲み込んだ。奴らは、封鎖した二十一階から上に誰も上がってこないよう、階段室を見張っている連中だ。幸いなことに、奴らの注意は、いつ誰が来るかもしれない下へと向いていて、そのお陰で、すぐ上で小さな隙間から覗き込む高石の存在にはまったく気づいていないようだった。

とはいえ、このまま隙間を開けて階段を上ろうとすれば、さすがに高石の姿が奴らの視界に入り、気づかれてしまうだろう。

さあ――どうする？　数秒、思案した高石は――。

スマートフォンを取り出すと、素早く何かを打ち込み、メールを送信した。すると――。


十秒後。


――ゴォン、ゴォン。

突如、銅鑼《どら》を打ち鳴らすような音が、階段のはるか下で響き渡った。

「……なんだ、あの音」ライフルを持った男が、眉《まゆ》を顰《ひそ》めて視線を階下に移す。

だが、なおもゴォンゴォンと続く音に、男たちはお互いに顔を見合わせた後、緊張の面持ちでライフルを構えた、その瞬間――。

パンプスを脱いで裸足《はだし》になると、高石は、俊敏な動きで隙間から抜け出し、階段を駆け上がる。その動きに、男たちは――。

気づかない。

完全に注意が下にあった上に、高石の足音もほとんどしなかったからだ。

やがて、階段を一気に三階分駆け上がった高石は、肩で息をしつつ、スマートフォンのディスプレイを見た。

《うまくいったか？》吉永からの、端的なショートメール。

あの音は、男たちの注意力を一瞬だけ逸《そ》らすため、特捜班が一階で力一杯手すりを打ち鳴らしたものだったのだ。

小さくガッツポーズを取りつつ、高石もメールを打ち返した。《首尾上々！　ナイス特捜班！》

しかし、ミッションはまだ終わったわけではない。

十秒で息を整え、パンプスを履き直すと、高石は防火扉を開け、そっと二十五階に出る。

幸いなことに、ここには見張りはないようだった。

本来なら、非常電源がある二十五階も、警備の対象となるはずだ。だが彼らの注意は下にばかり向いていて、この階の守備をおろそかにしているのだ。

高石は心の中で呟《つぶや》く。十三士と気取ったところで、所詮《しょせん》アマチュアね——もっとも、そうしたことは、戦術として教えなければ、なかなか気づけないこと。誰からも教わっていない彼らには、できなくて当然なのだ。

細心の注意を払いつつ、それでいて大胆に、高石は二十五階の廊下を、エレベータに向けて駆け出す。

やがて、エレベータホールの横、通路の中央——吉永の言葉どおりの場所に、小さく目立たないドアが見えた。

あれが、非常電源室か。

飛びつくようにドアのノブを摑み、引く――もしロックされていたら厄介だったが、幸いなことに鍵《かぎ》は掛かっておらず、ドアはすんなりと開いた。その隙間に、高石はくるりと一回転するようにして滑り込むと、そのままドアの鍵を掛けた。

「ふーっ」――と、一息。だがまだ終わってはいない。

一秒だけ安堵《あんど》した後、高石はコンクリート打ちっぱなしの部屋の奥半分を占める機械の前に立つ。だが――。

「……なにこれ」高石は、愕然《がくぜん》とした。

用途不明のスイッチ、用途不明のボタンが並び、加えて何十束ものコードが繫《つな》がるこの機械には、ガイドらしきものが一切ない。

慌ててスマートフォンを取り出し、電話をする。「もしもし？」

『着いたか』吉永は、すぐさま出た。

「ええ、でも何がなんだかわからない！」高石は、ボタンの表面を慌てたように指差しながら言う。「トリセツがありません、これどうやって操作するの！」

と、そのとき――。

ガン、ガン。非常電源室のドアが叩《たた》かれる音。直後――「おい、誰かいるのか？」

くぐもった低い男の声。明らかに、味方ではない。

戦慄《せんりつ》しつつ、高石はスマートフォンに小声で叫ぶ。「やっぱい！　見つかりそう！」

『焦るな高石』吉永はしかし、あくまで冷静に言った。『操作方法はこっちでマニュアルをダウンロード済みだから指示する。コントロールパネルにボタンが並んでるな？』

「ある。二十……三十個くらい？　どれ押す？　一番右？」

『それはエレベータの止まる階の指示ボタンだから弄《いじ》るなよ』

思わずボタンを押しかけた指を、高石は慌てて引っ込ませた。

『そしたら……その上に幾つかスイッチがあるだろう』

「うん。一、二……六つある」

『……六つ？』吉永が、訝《いぶか》しげな声を発した。『三つじゃないのか』

「ええ。どう見ても六つ」念のために数え直すが、何度数えても六つだ。「間違いない」

『どういうことだ？　六つだって言ってるぞ大山』

『でも、メーカーのPDFには三つって書いてあります』

『じゃあなぜ違う？』

『カスタマイズです。現場でシステムを変えたんだと思います』

『まずいな。マニュアルだとどうなってる？』

『真ん中のスイッチをオンして起動すると』

『高石は六つって言ってるぞ？　真ん中ってどれだ』

『わかりません』

『全部オンしたらダメなのか』

『それをやるとエレベータだけじゃなく、すべての電源が入ります。連中が気づくのをできるだけ遅らせるためにも、必要なスイッチだけ入れる必要が……』

『どうすりゃいいんだ』

「こっちがどうすりゃいいんだですよ！」高石が混乱の特捜班に叫ぶ。「どれかわかんないんですか！」

『待ってくれ、今調べてる』

「早くして！」高石は、なおもドンドンと叩かれる、背後のドアを振り返った。「もしかしたら無理やり鍵を開けられるかも！」

『わかってる。……大山！』

『もうちょっと、あと五秒だけ！　今設備会社の設計ログまで遡《さかのぼ》ってます！　ジーホテル・ベイ、……エレベータ、一号車。わかった！　二番目のこれ！』

『左から二つめだ！　高石！』

「ラジャ！」スイッチを入れる、高石。

と同時に、ブォン——と、機械のコイルに電流が流れる低い音とともに、すべてのボタンが、ポゥッ、と淡いオレンジ色に点灯した。

＊

ポゥッ、とエレベータの階数表示が、《39》と淡いオレンジ色に灯《とも》った。

「入ったぞ！」

田丸の言葉とともに、一階エレベータホールで待機していた四人が、待ち構えていたように一斉に立ち上がる。

稲見と田丸、そして樫井と妹尾。VX解除の実働部隊だ。

「高石ちゃん、上手《うま》くいったみたいだね」

稲見の言葉に、妹尾も感慨深げに呟く。「よくやったぞ、高石」

『エレベータが下りてくるぞ』ヘッドセットから、チームカーで待機している吉永の声が飛ぶ。『用意はいいか？』

「もちろん」稲見が、ポンポンと拳《こぶし》を手のひらに打ち付けた。「どんと来いですよ」

エレベータはすぐ、《38》《37》《36》——と、猛スピードで下りてきた。ドアの向こうからも、ブーンと低く唸《うな》るような低周波が漏れ出てくる。

「滅茶苦茶早いな」

「T社製の最新式だ」妹尾の言葉に、田丸が答える。

「最速で毎秒六メートル。中で立てた十円玉も倒れない」樫井が、腰の工具を改めて確認しながら言った。「お陰で、俺らの作業時間が確保できるってわけ……それでも、短いけどね」

『そのとおり、時間は僅《わず》かだ。気張っていけ』

吉永が飛ばす檄《げき》に、四人は無言のまま、一様に頷《うなず》いた。

《14》《13》《12》《11》《10》《9》——流れるように下りてくるエレベータは、やがて、《5》のあたりでスピードを緩めると、静かに着地するように、《3》——《2》——と階を変え、そして——。

《1》——チン、と涼やかなチャイムの音。

「来るぞ」田丸が呟く。

両開きのドアが、すーっと音もなく静かに開く。と同時に——「行けッ！」

四人は、エレベータ内に雪崩《なだ》れ込む。だが——。

「……えっ？」

狭いエレベータ内を、四人はきょろきょろと見回すのみ。

中は、空虚。天井のＬＥＤランプが、ただ煌々《こうこう》と、三面鏡張りの埃《ほこり》ひとつないがらんどうを照らすだけで、VXを散布するための機械など、どこにもなかったからだ。

数秒の、逡巡《しゅんじゅん》。直後――。

「わかったぞ」稲見が、天井を見上げた。「箱の上だな!」

言うなり、壁の手すりを足掛かりに、LEDパネルを押し上げようとする稲見――

だが。

「待って。違う、そこじゃない」樫井が、稲見を制する。

樫井は数秒、じっと奥の壁を見つめると、鼻を二度ひくつかせて言った。「この奥だ」

その言葉を待たず、稲見が奥の壁の隙間に指を突っ込み、パネルをバリバリと引き剝《は》がす。現れたのは、担架を縦にしなくても済むように作られた、エレベータの奥の空間。その、中央にあったのは――。

ポリタンクに繋がれた、ひと抱えほどの機械。

「……みっけ」ニンマリと樫井が歯を見せた。

「こいつですか」稲見が顔を近づける。「ポリタンクに入っているの、VXっすね」

「うん。稲見くんにはわからないと思うけど……すっごい色してるぜ、コレ」目を細め、うっとりと樫井は言った。「ほんと綺麗《きれい》だなあ。こんなヤバイの、初めてだ」

「色って何のことだ」

「共感覚だ」訝しげに問う妹尾に、田丸が答える。「樫井は火薬や化学物質の臭いを嗅《か》ぎ分け、色つきで視《み》る。特殊能力さ」

「……恐ろしいな、特捜班《おまえら》は」妹尾は、呆《あき》れとも恐れともつかない声色で言った。

『VXはあったか』不意に、ヘッドセットから吉永の声が飛ぶ。

「ありました班長」田丸が、冷静に答える。「今、稲見と樫井が見ています」

『取り外せそうか？』

「まずいっすね」機械の底を見た稲見が、眉《まゆ》を顰《ひそ》めた。「この機械、床にがっちり固定されてすぐには外せません」

『無力化はどうだ。樫井、できるか？』

「もちろん。……って、言うしかないんでしょ？」すでに機械と対峙《たいじ》し、工具で作業を始めつつ、樫井は言った。「なんとかしてポリタンクだけ外します。時間もないし、正直五分五分です。でもやり遂げますよ」

『もし失敗したら……』

「宿泊客なら大丈夫です。ガスは下行きますから。でも俺らは無事じゃ済まないですね。そんなわけで周囲百メートルの退避をお勧めします」

『わかった。樫井以外は全員退避しろ』

吉永のその言葉に、樫井以外の三人は――。

一瞬のアイコンタクトの後、田丸が言った。「俺たちは百メートル地点で待機している。上手《うま》くいったら連絡をくれ」

語尾を待たずして、エレベータから走って出ていく田丸と妹尾。

残るのは、樫井と——稲見。

「君も逃げろよ」額いっぱいに玉のような汗を浮かべた樫井が、無力化の精緻《せいち》な作業を続けたまま言った。「もし俺が失敗したら、即死だぜ」

「樫井さんだってそうじゃん」すぐ傍で、樫井の作業を見つめつつ、稲見が答える。

「だったら付き合いますよ。最後まで」

「そう言うと思った。稲見くん、物好きだからな」

「別にそういうわけじゃないっすよ」稲見は、笑いながら答える。「もし解除できたら、ポリタンクを運ぶ奴が必要っしょ？」

「やっぱり、物好きだ」ニッ、と樫井は笑みを浮かべた。

——時間は三十秒を過ぎていた。

非常電源が稼働していることに気付いた十三士が、いつエレベータを呼び戻してもおかしくはない、まさに一刻を争う、ギリギリの状況。

だが、樫井は焦ってはいない。

稲見に至っては、この状況を愉《たの》しんでいるかのような、笑顔を浮かべている。

ポリタンクから散布機へと繋《つな》がる一本のホースと、その周囲に纏《まと》わりつくような何十本ものコード。樫井は知っている。無力化するには、正しいコードを切断した上で、ホースを切り取り、ポリタンクを外す必要がある。だが消化管の周囲を覆う血管のようなこれらのコードはほとんどがダミーで、切断を間違えるとポリタンクの弁が開き、内容物が噴出するように設計されているのだ。

とはいえ、失敗を恐れているだけでは解除ができない。コードの行く先、繋がる基盤の構造と機能を推測しながら、一本一本、丁寧にダミーコードをより分けると、真のコードを探し出していく。

ちらり、と横を見ると――。

「…………」稲見が、いつものような笑みを浮かべつつ、無言で見守っている。

あえて急《せ》かさない稲見の態度を、樫井は心からありがたく思いつつ、正解のコードを絞り込んでいく。六本――五本――四本――三本――そして。

「あと二本」額の汗を拭《ぬぐ》いながら、樫井は、指先に引っ掛けた二本のコードを、稲見に示してみせた。「赤と黒。切っていいのは、一本だけだね」

「どっちですか」

「さあね」樫井は、肩を竦《すく》めた。「正直に言うと、もう俺にはわかんない。あとは勘だよ」

作業を始めてから、一分が過ぎていた。

稲見も樫井も理解していた。悩んでいる暇はないと。だから樫井は、言った。

「稲見くんの好きなほうでいいよ」

「…………」○コンマ五秒。ほんの僅かの思案の後、稲見は言った。「じゃ、赤で」

ニヤリと笑うと、樫井は――。

「南無三！」パチンバチンと、赤いコードとホースを続けざまに切断した。

と同時に、エレベータのドアが静かに閉まり出す。

遂に十三士に気付かれたのだ。稲見は素早くポリタンクを外すと、絶叫した。

「樫井さん！　外！」

エレベータから飛び出る樫井。稲見もまた、なみなみと液体が揺蕩《たゆた》うポリタンクを胸に抱き締めたまま、エレベータの隙間を抜けて、ホールを転がり出た。そして――。

――チーン。

涼やかなチャイムの音とともに、コォー、と空気を吸い込むような音とともに、エレベータが猛然と上層階へと上がっていった。後に残されるのは――。

稲見と樫井、そして、ポリタンク。

倒れたまましばしじっとしていた稲見だったが、数秒後、はっと思い出したように言った。「生きてる？」

仰向《あおむ》けのまま茫然《ぼうぜん》としていた樫井も、答える。「生きてるよ」

「VXも？」

「うん。無事」樫井は、むくりと起き上がると、嬉《うれ》しそうに言った。「赤で正解だ」

「おー！　よかった。危機一髪でしたね、樫井さん！」

「マジでラッキーだよ、ほんと、今回は危なかったなー」はー、と大きく安堵《あんど》の息を吐くと、樫井は、数秒を置いて稲見に問う。「でも稲見くん、なんで赤を選んだんだ」

稲見は、白い歯を見せて言った。「彼女が飲んでたカクテル、赤い色だったから」

「あー……」樫井は、肩を竦めながら答えた。「だったらほんと、正解が黒でなくてラッキーだったね」

＊

――VXが盗《と》られた、だと？

最上階のロイヤルスイート、そのリビングで足を組みながら動向を窺《うかが》っていた倉橋は、その情報を受け取り、大きく顔を歪《ゆが》めた。

切り札にしていたVXが失われたこと。これは我々十三士にとって、大きな痛手だ。

だがまだ、戦いが終わったわけではない。十三士はまだ十三人すべて揃っているし、武器もいくらでもある。ライフルの弾だってほとんど消費もしていないのだ。

だから——倉橋はひとり、考える。

この事実に、十三士には動揺が走るだろう。だが、ここが正念場でもある。革命に困難は付き物じゃないか。ここで奴らが繰り出す二の矢に備え、しっかりと守りを固めることができれば、克服への最短距離に違いない。

それに、俺たちにはまだもう一枚、切り札が残っている。このホテルに閉じ込めている、人質という切り札が。そうだ、理想の国家設立に向けた交渉の材料など、まだいくらでもあるじゃないか。だから——。

「へっ……来るがいいさ」

ライフルを片手にそう呟《つぶや》くと、倉橋は、口の端をニヤリと歪めた。

＊

VXの入ったポリタンクを抱える樫井とともに、一旦《いったん》ホテルの外に出る稲見。

すでに建物の陰で待機していた化学防護車へと、ポリタンクとともに入っていく樫井を見送ると、それと入れ替わるようにして、チームカーから特捜班と妹尾が、稲見のもとへと走ってきた。

「おー、みんな！」手を振る稲見。

「大丈夫か、稲見」吉永が、気遣いつつ激励する。「だが、よくやった」

「カクテル頼みなんてバカじゃないの？」一方の大山は、憎まれ口を叩《たた》いた。「正解が黒だったらどうするつもりだったのよ！　黒いカクテルなんてほとんどないんだし、正解の選びようがないじゃん！」

「あー、言われてみれば」

「樫井さんも言っていたけど、これってただのラッキーなんだよ！　そんな偶然任せで仕事するなんて、ほんとあり得ない。でも……」大山が、視線は逸《そ》らしつつも、稲見の胸に拳《こぶし》を当てた。「とりあえず、ナイスプレイ」

「本当に、無事でよかった。稲見」いつもはクールな田丸も、このときばかりは安堵の表情で、稲見をねぎらった。「これでVXの危険はなくなった」

「頑張ったのは樫井さんですよ」少し照れつつも、それを誤魔化すように、稲見はわざと真剣な表情をしてみせる。「それに、事件はまだ終わっちゃいない」

「ああ」田丸が、ホテルを見上げた。「これからだ。連中を制圧しなければ」

「そう。まさしく、ここからが正念場だ」そう言いつつ、吉永が一歩前に出た、まさにそのとき。

『……何すんのよ！』

金切声が、ヘッドセットから響く。この、気の強そうな声は――。

高石の声だ。驚きつつも、稲見は問い掛ける。「どうした?」

『大変、見つかっちゃった。……あっ! やめて! こっち来るな!』

「高石、大丈夫か!」

パン! パン! ヘッドセットから二度、発砲音がする。

まさか――と戦慄《せんりつ》するが、次の瞬間。

『……やめろ、離せってば! このやろ、離せ!』高石の声。

発砲音は高石のM37だったらしい。ほっとする特捜班。だが――。

『ピストル返せ、バカヤロ、ふざけんな……』

「どうした? 何があったんだ!」問う吉永。しかし――。

『………』ツー、ツー、ツー――。

無言。そして断線。

「………」しばし、お互いの顔を見回す特捜班。

ややあってから、大きく長い溜息《ためいき》とともに、吉永が言った。「捕まったな」

「大丈夫なのか、高石は」焦ったような口調で問う妹尾。

「それは大丈夫だ。連中もすぐ殺しはしない。殺すメリットがないからな」田丸が冷静に、しかし険しい顔で答えた。「だがその分、駆け引きに使われる」

「なるほど」妹尾は、片目を細めた。「それはそれで、まずいな」

「班長、どうしますか」田丸は、吉永に問う。「再突入しますか」

「それってリスキーじゃない？」大山が口を挟む。「VXを解除されて、連中、ピリピリしてると思う。真正面から勝負するのって得策と思えない」

「俺は、救いに行きたい」妹尾も言う。「あいつを犠牲にするのは本望じゃない。何とかして助けてやりたい。今すぐにでも」

だが、吉永は——。

「…………」終始、口を真一文字に結んだまま、静かに部下たちの言葉を聞くのみだった。

その態度は、物事を総合的に判断しようとしているものか、それとも、まさに今岐路にあるといえるこの事件において、何が最適な方法なのか、考えあぐねているからか。

だが、ややあってから吉永は、静かに口を開く。

「……オフィスに戻っていたら時間がなくなる。ここですべてを決するぞ」

「アタックすると」

「そうだ」田丸の言葉に頷《うなず》く吉永——だが。

「真正面から突入しますか」

「いや……」その提案には、なお静かに口を噤《つぐ》む。

吉永でさえも、未《いま》だ迷っているのだ。この局面において、真っ向勝負することが本当に正しいのかどうかを。

そんな停滞する吉永の、いや特捜班の前に――。

「みんな、ちょっといいかな」稲見が、一歩前に出る。

「どうした、稲見」

「いやね」何かを企《たくら》むような笑みを浮かべつつ、稲見は言った。「実は俺、高石ちゃんにインスパイアされて、いい方法を思いついたんだけど……聞いてくれる？」

9

「ろくなことを考えないな。高石もお前も」

田丸が、上を向いたままで、呆《あき》れたように言った。

田丸のその声は、呟く程度に小さなもの。にもかかわらずその音は、巨大で真っ暗なコンクリートの穴を縦横無尽に響き渡り、うわんうわんと不気味な余韻とともに、しつこくその語尾を伸ばしていった。

「だが発想が同じってことは、お前ら、同じ人種なんだろうな」

「煙となんとかは高い所に上るって？」

「そうとは言ってない。だが……」ちらり、と怖気《おぞけ》とともに下を覗《のぞ》く田丸。

「無理しなくていいぜ、田丸さん」田丸のちょうど二メートル上を行く稲見が、心配しながらも、どこか面白そうな口調で言った。「こういうの、専門外でしょ？　田丸さんのスピードに俺、合わせるよ」

「うるさいぞ稲見」田丸は、若干の抗議を込めて言う。「俺だって特捜班だ。これくらいの危険は織り込み済みだ」

それに、すでに稲見がペースを合わせてくれていることくらい、田丸にはとっくにわかっていた。なぜなら、目測で——といっても奈落《ならく》の底はすでに暗闇に落ちているが——すでに五十メートルほど登ってきた今、息が上がっている田丸に比べて、稲見はまったく呼吸ひとつ乱すことなく、楽々と手足を動かしているのだから。

「……だが、なんでこんな方法を思いついた」腕を上に伸ばし、梯子《はしご》をまた一段登りつつ、田丸は独り言のように愚痴を吐く。「エレベータの穴を伝って最上階まで行く？　尋常じゃないぞ」

そう、ここは——エレベータが上下する穴。

外からは決して見ることのできない、巨大で、無機質で、そして危険な、ビルの消化管だ。

当然一条の光もない真っ暗なこの縦穴を、田丸は稲見とともに、ヘッドライトの明かりだけを頼りに、整備用に設けられた壁の梯子を、静かに登っているのである。

稲見が思いついた作戦――それは、正攻法ではなく、奇襲を掛けるというものだった。

真正面からぶつかれば、お互いにただじゃすまない。それどころか高石や宿泊客への被害も免れない。それならば、奴らが予期しなかったところから攻めるのがいい。

「義経《よしつね》の鵯越《ひよどりご》えってあるでしょ？　あれっすよ」稲見は笑って言ったのだった。「突然、最上階のエレベータの中から俺たちが出てきたら、あいつら、驚くぜ」

そりゃ、驚くだろう。だが、それをやるためにはこっちだって命がけだ。この手を離せば、あるいは足を滑らせれば、奈落の底まで一直線に落ちてゆくのだから。

恐怖と戦いつつも、冷静に一段一段、梯子を上がってゆく田丸。

それにしても今の俺は、まるでじめついた壁を這《は》う団子虫みたいだな――そう自虐的に心の中で呟《つぶや》く田丸を嘲笑《あざわら》うかのように、梯子がキィと、嫌な音を立てて軋《きし》んだ。

「ねえ、田丸さん。さっきの話だけど」不意に、稲見が上を向いたままで言った。

「それって当然だと思うんだよね」

「何のことだ？」

「田丸さん、さっき言ったでしょ。尋常じゃないって」ははっ、と弾《はじ》けたような笑い声を挟んで、稲見が答えた。「でもそれ当たり前だよね。だって、俺たちが尋常じゃないんだからさ。こんな無茶に平気でゴーサイン出した班長も、ここまで平然とついてきてる田丸さんもね」

「平然と？　馬鹿言え。息も絶え絶えだ」

「ご謙遜《けんそん》。俺、結構ハイペースで登ってるよ。ギアで言ったらサードかな」

「……サードかよ」

「俺はサードで、世間一般でいうトップスピードが出るんだよ」苦笑いを浮かべた田丸に、稲見は言った。「ていうか田丸さん、その調子。辛《つら》いときほど、笑うと楽に思えるからね」

「まったく……」お前ってやつは――という言葉が喉《のど》まで出かかって、しかしそれは掠《かす》れたような空気の音にしかならない。

――そして、なおも黙々と登り続けて、何分経っただろうか。

ふと田丸が顔を上げると、その視線の先、ヘッドライトが照らす壁に、鉄の扉が何枚か、横に並んでいるのが見えた。

あれは、エレベータのドアを内側から見たものだ。外側からはきれいな鏡面磨きのドアも、内側から見れば灰色の錆止《さびど》めが塗られただけの味気ない鉄板だ。

今、何階まで来たのか――？

「二十八階だよ」稲見が答えた。「ドアがいくつあるかカウントしてたから間違いない。最上階までもうすぐだ……どうかした？　田丸さん」

「…………」田丸は、片手で目頭を強く押さえて言う。「……俺、今、声に出してたか」

「え？　ええ。呟いてたでしょ？」

「……そうか」小さく、剣呑《けんのん》な溜息《ためいき》を吐くと、田丸はひとり、心の中で呟いた。

畜生。俺も、だいぶ疲れているのかな――。

と、そのとき。

――光。

「えっ？」田丸と稲見は、同時にその方向を向いた。

まさに今、視線の先にあるドアが、ゆっくりと開かれようとしているところだった。

＊

二十八階のエレベータホール。黒ずくめの男がひとり、エレベータのドアと格闘していた。

十三士のひとり、倉橋をリーダーと仰ぐ十八歳の大学生だ。彼は、ドアの隙間に指を挟むと、必死でドアを開けようとしていた。だが、ドアがやたらと重い。再び非常電源が切れたからだが、そのせいで、いくら力を込めても、ドアはぴくりとも動かない。

苛立《いらだ》った男は、肩に掛けていたライフルを背後に回して背負い、腕まくりをすると、片足をドアの枠に掛け、渾身《こんしん》の力でドアを引っ張る。

ゴゴ――と、石臼《いしうす》を挽《ひ》くような鈍い音とともに、ようやく、ドアが少しずつ動き出す。

奮闘すること三十秒。ドアがすべて開くと、男はほっとひとつ小さな息を吐き、ライフルを構え、それからぽっかり口を開けたエレベータの真っ黒な穴を、ライフルの銃口を先に、おそるおそる覗き込んだ。

――誰も、いない。

というか、何もない。男は、訝《いぶか》しげに呟いた。「ん？　……本当に、いたのかな？」

と、その瞬間、男のライフルがポーンと、中空に弾け飛ぶ。

「えっ？」ライフルがエレベータの穴に落ちていくのを見た〇・五秒後、きょとんとした男の顔面を、鋭い何かが抉《えぐ》った。

ぼやける視界。振盪《しんとう》する意識。鼻から喉に流れ落ちる不愉快な鉄錆《てつさび》の臭い。仰向《あおむ》けにもんどり打つ男は、混乱とともに自問する。

一体何があった？——失神を堪《こら》えつつも、男は必死で直近の記憶を探る。

そして——思い出す。

今のは、足だ。

ドアの上から突然、にょっきりと飛び出した爪先。それがライフルを蹴《け》り上げ、直後に自分の顔面を強烈にキックしたのだ。

すなわち、これは、敵——だから男は。

「てッ、敵襲！　敵襲ゥッ！」倒れ込みながら、声を無様に裏返しながらも、あらん限りの大声で叫んだ。「気をつけろ！　敵がエレベー……」

ガッ！

衝撃。そこで男の意識は途切れた——。

＊

「……ちッ、叫ばれたな」稲見が、舌打ちをしながら言う。「こりゃ、仲間が来るね」

「仕方ないさ」田丸が、息を整えつつ答えた。「不意を衝《つ》けただけでも上々だ」

「一撃で倒せたと思ったんだけどな」目の前で倒れる男の横っ腹を爪先でつっきながら、稲見は残念そうに言った。「ドアの上からじゃ、さすがに体勢に無理があったね」

「ああ」無表情——というよりも、やや浮かない顔で、田丸もまた、男を見下ろす。

白目を剝《む》いて気絶する、黒ずくめの男。

服装からは、顔の部分だけが出ていて、その表情は、信念に燃える一途さ、意志の強さを感じさせながら、一方で、未《いま》だ残るにきび痕《あと》には子供っぽさも見え隠れする。

田丸は思い出す。十三士は、首都圏の大学生が組織している立誠会で、倉橋がリーダーとなって作った組織だということを。

つまり、十三士である彼らは皆、まだ社会にも出ていない、未成熟な大学生の集まりなのだ。

だからこそ、田丸の心に沸々と怒りが湧き上がる。

何も知らない彼らの無垢《むく》に付け込み、将来を潰《つぶ》すどころか、こんな非道にまで巻き込むなんて——倉橋は、一体何を考えているんだ？

だが、それよりも奇妙なことがある。それは——。

「…………」なおも、無言のままの田丸。

稲見が、慮《おもんぱか》るようにその横顔を覗《のぞ》く。「どしたの？　田丸さん」

「……なあ、稲見」

ちらりと稲見を見返すと、田丸は言った。

「ん？」

「この男、どうしてエレベータのドアを開けた?」

「そりゃあ……」一秒を置いて、稲見は答える。「俺たちがいることに気付いたからじゃあないかな」

「だろうな。だが、やけに敏感すぎやしないか」

「んー……」

「仮に気付いたとしても、ピンポイントで俺たちがいる場所までわかるか? 二十八階の、ちょうどこの場所を」

「そう言われると、確かに、変だね」稲見の表情が、緊張感を帯びる。

「それに、覚えてるか。こいつが言ったさっきのセリフ」田丸は続けた。『本当に、いたのかな?』……聞きようによっては、前もって俺たちが来ると知っていたような口振りじゃないか」

「………」しばしの沈黙――。

ややあってから稲見は、真剣な顔つきのまま、自らのヘッドセットのマイクを手で覆うと、静かに問うた。「田丸さん、今、何考えてる?」

「お前が考えていることと同じだ」田丸もまた、同じようにマイクを手で覆いつつ、険しい視線を返した。「聞かれてる」

稲見もまた、険しい表情でゆっくりと頷《うなず》いた。「んで、リークしてる。つまり……」

「裏切り者がいる」田丸もまた、おもむろに首を縦に振った。

「…………」

数秒の、沈黙。

その後、稲見が口を開く。「……とはいえ、俺たち特捜班の中に裏切り者がいるなんて、俄《にわ》かには信じられないな。実際、この期に及べば、侵入ルートはエレベータの縦穴くらいしかないんだし、……偶然、ともいえる」

「偶然か。そうかもな」田丸は、稲見の顔から視線を外すと、静かに続けた。「連中はエレベータも警戒していた。この男が俺たちの気配に気づいた。だから念のためエレベータのドアを開け、確かめた。そこがたまたま二十八階だった。そして男は、特に他意なくこう言った。『本当に、いたのかな？』……つまり、すべては偶然だった」

田丸は、濃い灰色に染まった瞳《ひとみ》で稲見を見ると、言った。

「だが、そうじゃない可能性も、ゼロじゃない」

「…………」ごくり、と稲見が唾《つば》を飲み込んだ——まさに、そのとき。

バタバタと、突然薄暗いエレベータホールに、慌ただしい音が満ちる。

はっとして見ると、そこに居並ぶのは、黒ずくめの男たち。

エレベータホールの中央にいる稲見と田丸を、両側から挟み撃ちするように現れた彼らは、ある者はライフルの銃口を、ある者は刃物の先端を手に、爛々《らんらん》と狂気に満ちた瞳を、敵意とともに稲見たちに向ける、十三士の男どもだ。

「はは、来やがったね」稲見は、苦笑しながら田丸と背中を合わせる。「とりあえず考えるのは後回しだ。田丸さん、そっち何人？」

すでに、目で冷静に人数をカウントしていた田丸が、即座に答えた。「五人だ」

「こっちは六人」

「計十一人だな」さっき倒した男と倉橋を含めて十三人。緊急時とはいえ、泡を食って見張りを残しもせず全員が集結してしまうのだから、やはり彼らは素人だ。

だが、たとえ素人でも、数は、すなわち力だ。「そっちの方がひとり多いぞ。大丈夫か」

気遣う田丸に、稲見は「全然。大して変わらないよ」と犬歯を見せた。「二人を超えちゃえば、やることは一緒だしね。その分時間が掛かるだけさ」

「……無理するなよ」

ジャキッ――稲見に背を向けたまま、田丸は、ジャケットの下に隠し持っていた特殊警棒を遠心力で伸ばし、男たちに向け、右手で構える。

「そっちこそ。突き指しないようにね」

ジャキッ――稲見もまた、同じように右手で特殊警棒を伸ばすと、構えを取った。

緊張が満ちる、エレベータホール。

男たちに挟まれ、対峙《たいじ》する、二人。
視線は、真逆。しかし心が向く方向は――同じ。
稲見は、鼻の下を左手の親指で弾《はじ》くと、口の端を上げた。「……やりますか」
男たちの誰かが、叫んだ。「殺《や》れッ！」
その一声で、男たちが一斉に襲い掛かった。

＊

くるり、一回転。
稲見は、手の中で警棒を遊ばせると、身体を低くして、敵を見定める。
一、数は六人。体格は人それぞれだが、極端に身体の小さい者はいない。二、全員が何かしらの武器を持っている。三人はライフル、一人は日本刀、残りの二人はナイフ使いでひとりは二刀流。三、彼らはおそらく、重厚な訓練を受けているのだろうが、こうした実戦は初めてで、まず連携は上手《うま》くいかない。四、九割方ライフルは使われない、というより使えない。
以上の分析による、結論――。
ニヤリ、と稲見は口角を上げる。

――稲見に対して奴らが攻撃してくる人数は、多くとも一名。すなわち相手すべきは、いつも最前列にいる、ただひとり。

「おおおお！」

その、ひとり目が、威勢はいいが無謀な雄叫《おたけ》びとともにナイフを振りかざし、稲見への向こうみずともいえる突撃を試みる。

小ぶりなナイフに、大ぶりな動き。ナイフを扱う観点からは明らかに無駄な動作は、百戦錬磨の稲見からすれば、まさしく「隙」が大手を振って歩いているようなものだ。

まだ『技』を使う必要もないな――稲見は、微笑とともに身体を屈《かが》め、ピュンッ、と笑ってしまうほど軽い音を立てるナイフの切っ先を、サンバのステップを思わせる軽快な動きで避《よ》けると、そのままひとり目の腰にタックルをかます。

「あ！」情けない声とともに男はあっさりとバランスを崩し、ナイフを手放した。

凶器を落とし、慌てる男。その隙だらけの両膝《りょうひざ》を、稲見はすぐさま裏から摑《つか》み掬《すく》い上げると、バランスを崩した男の背中を、そのまま全体重を掛けて床に叩《たた》きつけた。

ぐえ、とガチョウが鳴いたような呻《うめ》きとともに、男は白目を剝いた。

ぐったりとした男の横で、落ちたナイフが、カランカランと床で回転する。

「アマチュアには、意外と扱うのが難しいんだぜ、これ」余裕の動作でナイフを拾い、ポケットにしまうと、稲見は左掌《てのひら》を上に向けて、指先をクイと曲げた。「……次！」

あっという間にひとり倒されたことに躊躇《ためら》う五人だったが、すぐまたひとり、自棄《やけ》っぱちな怒号とともに前に出ると、稲見にライフルを向けた。その銃口に稲見は、避けるでもなく、逃げるでもなく――。

自ら、前に飛び出た。

「えっ？」防御もせず、逆に向かってきた稲見に一瞬、男が怯《ひる》む。そんな男に、稲見は銃口から僅《わず》か五十センチの距離まで近づくと、首を横に傾けて言った。「撃ってみ？」

「…………」ライフルの男は、震える銃口を稲見に突き付けたまま、しかし引金を引くことができない。稲見は、そんな男に「だよね」とニコリ微笑むと、素早く左手で銃口を摑み、そのまま横に逸《そ》らした。

男は抵抗するが、抗《あらが》うことができない。梃子《てこ》の原理から当然なのだが、そんな単純な原理にも気づかず、必死で銃口を戻そうと抵抗する男のその顔を、稲見は警棒で一撃した。

ぐっ、とくぐもった声とともに、膝《ひざ》から崩れ落ちる男。

「おっと」男の身体を右手一本で支えると、そのまま稲見は後ろで日本刀を構える男と対峙する。

日本刀の男は、しかし仲間の身体を盾にされ、どう切りつけたものかしばし迷う。

その迷う視界に向け、稲見は思い切り男の身体を放り出した。一瞬怯む日本刀の男、その刀を持つ右手を素早く左手で巻き込むと、稲見はそのまま外回転で捻《ひね》り上げる。

男の短い悲鳴、日本刀が落ちるガランガランという反響、さらに男の肘関節《ちゅうかんせつ》が砕ける鈍い音が、同時に鳴った。

激痛に顔を歪《ゆが》め、膝を突く男の下顎《したあご》を、思い切り膝で蹴《け》り上げダウンさせると、稲見はすぐさま振り返り、身体を三十センチ引いた。

その鼻先を、ヒュン、ヒュンとナイフの切っ先が連続して通過する。

ナイフ二本使いの男が、稲見にラッシュを掛けていたのだ。だが冷静にナイフの軌道を見極めつつ、少しずつ身体を引きながら、稲見もまた素早く、特殊警棒を繰り出す。

カラン、と乾いた音が響く。稲見のカウンターが、左手のナイフを弾き飛ばしたのだ。左手を強打され苦痛に顔を歪めるナイフ使いの男だったが、すぐさま憤怒《ふんぬ》の形相で、右手のナイフを稲見に向けて突き出した。

だが、稲見はすでにその動きを予想していた。特殊警棒を盾にして、ナイフの軌道を逸らすと、男の右手を左手で巻き込み、関節を決める。一瞬力が抜けるその隙を逃さずナイフを奪取《ディスアーム》すると、稲見はそのまま男を壁に押し付けた。

あっという間に二つの武器をなくし、慌てる男。稲見はしかし、冷静に、その頸動《けいどう》脈《みゃく》を特殊警棒で圧迫し、ものの数秒で意識を刈り取った。

くるりと身体を捻り、残りの、いずれもライフルの銃口を向ける二人に、挑発するように言った。「……撃っていいよ？　でも撃てないんだろ？　狭すぎて仲間を撃っちまうかもしれないからな」

「………」額に玉のような汗を浮かべながら、照準を覗《のぞ》く二人の男は、しかし、じりじりと稲見ににじりよりながら、やがて、「畜生ッ！」と二人同時にライフルを捨てると、素手で稲見に向かってきた。

「ははっ、いい子だ！」笑顔で応《こた》えると、稲見は男たちをまとめて相手する。

まず繰り出される男のストレート、だが掻《か》い潜《くぐ》ると稲見は、その首を左腕でロックしつつ、右手に握る特殊警棒をそのままもう一人の男の喉元《のどもと》へ。急所を打たれ、苦し気な表情とともになすすべなく壁に凭《もた》れるその男の身体の上に、稲見はロックしたままの男を、向かい合わせにして押し付けた。

低い呻きとともに悶絶《もんぜつ》する二人の、それぞれの手首を、稲見は素早く、手すりに潜らせた手錠で繋《つな》ぐと、手をパン、パンと二度、払った。「……はい、一丁上がり」

その分時間が掛かるだけ、などと言っておきながら、その実ものの三十秒も掛からない、余裕の戦闘だった。

だが、これは端《はな》から、十三士にとって無謀な戦いだった、と言うべきだろう。たとえそれなりの訓練を積んだからといって、体術を極めた稲見とは、そもそも力量の差がありすぎるからだ。

――『エスクリマ』という武術がある。

『カリ』とも呼ばれる、元々はスペインの剣術エスグリマにルーツを持つこの武術は、当初は護身術として十九世紀以降のフィリピンで誕生し、その後二十世紀に大きく発展した、棒術、拳闘《けんとう》術を中心とした戦闘体系である。

エスクリマの特徴は、ひとつには剣術発祥らしく、大きな間合《ラルゴ》いを取り直線的に攻撃するスタイルや、逆に棒だけを手に、接近した状態《コルト》で武器を奪取《ディスアーム》し、さらには関節技《ジョイント・ロック》を繰り出すスタイルまで、さまざまな技術が渾然《こんぜん》一体となった、あらゆる相手に対応できる制圧術にある。

特定の武器を要しないこと、相手の損傷を最小限に抑えられること、そして本来は護身的な目的があることなどから、稲見たち特捜班が主たる制圧術としてマスターしているのも、まさにこのエスクリマであったのだ。

しかも、単にマスターしているだけでなく、幾多の実戦を通じてその技術を磨き続けている。いかに強力な武器刃物を持っていたところで、所詮《しょせん》は付け焼刃の彼らを制圧することなど、稲見にとっては赤子の手を捻るようなものだったのである。

そして、同じことは田丸にも言えた。田丸もまた、特捜班における訓練と、公安プロパーとして積み重ねてきた実戦を通じて、高いエスクリマの技術を物にしていたのである。

だが、その解釈が稲見とはやや違っていた。

田丸にとってのそれは、稲見のような派手さを伴う「動的な術」ではない。むしろ最小限の動きで、しかし最大の結果を得るべき「静的な術」であった。だから——。

「撃つぞ！　撃つぞ！」そう叫びながら近づく男にも、田丸は動じない。

稲見同様、彼らが同士討ちや跳弾を恐れて引金を引けないことをすでに察していた田丸は、無防備に両手を下げ——しかし緊張は漲《みなぎ》らせたまま——ぴたり一・五メートルの間合いを保ちつつ、瞬《まばた》きをせずに男を見つめていた。

そして、額を流れる汗に、思わず男が目を閉じたその瞬間。

パシッ——と電光石火、警棒を男のライフルに打ち付ける。

あ、と素《す》っ頓狂《とんきょう》な声とともに男が怯んだその隙に、左手をライフルに絡め、捻り取った。

すなわち、奪取《ディスアーム》——この技術は、むしろ技術の静的側面を追求する田丸であればこそ、より洗練されたものとなっていた。

気づかないうちに、田丸にライフルを奪われた当の男は——。

「……あれ?」自分の両手を見つめながら、不思議そうに目を瞬く。その男の懐に滑り込むと、田丸は眉間《みけん》に肘鉄《ひじてつ》を一撃、あっさりと気絶させた。

次いで襲い掛かる、金属バットの男。男は自分がライフルを使うのを躊躇《ためら》うだろうと察するや、早々にライフルを捨て、武器をバットに持ち替えたのだ。

賢明な判断だと、田丸は思う。だが——それとて「俄《にわ》か」だ。

大振りなバットが、ブンと熊蜂の羽音のような音とともに空を切る。その振り終えた背中に現れた——死角を動いていたから、男にとっては、まさに突然「出現」したように思えただろう——田丸は、そっと後ろから右手を回し、男の頸動脈を軽く締め上げた。

すーっと力が抜けたように崩れる男。だがそれと入れ替わるように、新たな拳《こぶし》が繰り出される。

ここにいる男たちの中で、もっとも筋肉質の男。黒ずくめのシルエットも、誰よりも太い。だから男にとって、それは渾身かつ必殺の右ストレートだったのだろう。

だが、相手が悪かった。男の姿を常に視界の端に見ていた田丸は、最初からパンチの軌道を読んでいたのだ。

ほんの数センチ——田丸にとっては余裕の距離だ——のステップで軽やかに躱《かわ》すと、その肘関節を左手で巻き込みロックし、軽く力を込めた。

パキッ、と尺骨が折れる軽い音。「グッ」と男の低い呻《うめ》き。だが男も、最後の根性を見せ、憤怒の表情のまま、左手でアッパーを繰り出す――が、すべては田丸の想定内。アッパーの軌道上にある顎《あご》を引き、代わりに警棒の尻《しり》を置いた。

ゴリッ、と男の拳が砕ける音に、犬の遠吠《とおぼ》えのような男の長い雄叫《おたけ》びが続いた。

膝《ひざ》を突き、もはや戦意を失った男を、田丸が手をパンパンと払いながら、小さな溜《ため》息《いき》とともに見下ろした、その瞬間――。

背後に、悪寒。

振り向くと、目の前三十センチから迫りくる、鈍色《にびいろ》に輝く鋭利な先端。

しまった、ナイフか――田丸は戦慄《せんりつ》する。まずい、間に合わないぞ――。

だが、そのナイフはそれ以上田丸には接近しない。

ナイフを突き出した男が、気絶し、そのまま崩れ落ちたからだ。その背後に現れたのは――稲見と、稲見の拳。

「すまん」

「貸しだね」ニッ、と犬歯を見せる稲見。

だが、その稲見の背後に、ぬっ、と消火器を担ぎ上げた男のシルエットが現れる。

稲見は気づいていない。最小限の動きで、田丸は警棒をその男の眉間に向け突き出した。

「ぐ」眉間に一撃を食らった男は、低く呻くとそのまま仰向《あおむ》けに昏倒《こんとう》した。

ようやく後ろの出来事に気付いた稲見は、田丸に言った。「ありがとう」

「これでチャラだ」警棒をしまいつつ言う、田丸。

「はは、残念」苦笑しながら、稲見もまた警棒をしまう。「こんな早く返されるんなら、トイチにしときゃよかったかな」

「十秒一割でも、利息はほぼゼロだ。それより稲見」周囲で気絶し、あるいは呻きつつ、戦闘能力を奪われた十三士を見回しつつ、田丸は言った。「最初にひとり、それからお前が六人、俺が五人。これで計十二人倒したことになる」

「つまり、あとひとり……倉橋だけだね」

「ああ。やるか？」

「もちろん」

視線を交差させる、稲見と田丸。だが――。

タン。

不意に、予期しない軽い音が響く。

「えっ？」同時に、田丸が、自分の腹部を見下ろす。

「えっ？」稲見もまた、田丸の腹を見る。

その部分が――見る間に赤く、滲《にじ》んでいく。

振り返る田丸。その視線の先に、倒れたまま、それでもライフルを構える男がいた。最後の力で立ち上がり、ほくそ笑む男。その銃口からは、白い煙が立ち上っている。

ようやく、理解した──男は、撃ったのだ。田丸を、背後から。

「野郎ッ！」虎のごとく飛び掛かり、稲見はライフルごと男の頭を力いっぱい蹴飛《けと》ばした。

ぐむ、と苦しげに呻く男。だが倒れる男には構わず、稲見は、その場で腹を押さえ、膝を突く田丸の傍に駆け戻る。「大丈夫？　田丸さん！」

「不覚だ」田丸は、下を向いたまま顔を歪《ゆが》めている。

その表情の理由は、押さえた手の上からポタリポタリと滴り落ちる赤い血が、何よりも雄弁に語っていた。

「出血してる、今すぐ戻って止血しないとヤバい」

「……………」

「ほら、俺の肩に摑《つか》まって！　田丸さ……」手を差し出す稲見。だが──。

パシン。

その手を払うと、田丸は言った。「……行け、稲見」

「何言ってんだよ田丸さん。傷が深すぎる、このままだと田丸さんが……」

「いいから行け、稲見！」壁際に腰を落としつつも、田丸は苦しげに顔を上げた。

「俺には構うな」

「でも、それじゃあ……」

「俺だったら、何とかなる」心配そうな稲見に、田丸は額に脂汗を浮かべつつ、懇願するように言った。「だが事件は、お前にしか解決できないだろ？」

「田丸さん……」

「これくらい平気だ。ヤワな鍛え方はしてないからな。だから稲見……俺たちの苦労を無駄にするんじゃない。今すぐ行くんだ！」

行け稲見！――田丸の、かすれ声だが、渾身の言葉。その絶叫に、稲見は。

――数秒、田丸と視線を合わせると。

「……わかった」

頷《うなず》くと同時に、稲見は、倒れこむ田丸を背に、矢のごとく駆け出した。

＊

二十八階から、最上階へ。

稲見は、階段を四段飛ばしで上がっていく。並の鍛え方をしていない稲見であっても、十階分以上の高低差は的確に足にくる。それでも稲見は、構わず全速力で駆け上がると、屋上まで続く階段から、三十九階へと身を躍らせた。

照明は非常灯のみ、したがってほとんど光はない。それでも、足元には他の階とは異なる毛足の長いカーペットが敷かれているのがわかる。薄目に見える随所の意匠も、他とは一線を画す、高級感のあるヨーロッパ調だ。

最も高位にあり、最も高価で、そして最も豪華な、最上階。

階段室からエレベータホールへと抜けると、稲見は、そのまま三枚のドアが距離を置いて並ぶ廊下へと躍り出た。

最上階は三室。スイートが二室と、ロイヤルスイートが、一室。倉橋は、どこにいる？

立ち止まると、一度大きく深呼吸。そして稲見は呟《つぶや》いた。「そりゃ、ここだろうな」

迷うことなく、真ん中の部屋――ロイヤルスイートへと向かうと、稲見は、ドアノブを掴み、引いた。

ドアは、音もなくすっと開いた。

ところどころ非常灯だけが点《とも》るロイヤルスイート。廊下よりもさらに薄暗い。

「やっぱりな」内鍵《かぎ》が、無残に壊されていた。稲見は、静かにフラッシュライトを点灯させると、四方八方に光を投げ、警戒しながら、奥へと足を踏み入れる。

静かな、部屋――。

フラッシュライトの光で一瞬見えるロイヤルスイートは、ピカピカに磨き上げられた床に、真っ白な壁、著名なデザイナーのものと思われる巨大な抽象画が、廊下に何枚も並んでいる。

部屋の造りは、すでに図面で頭の中へと叩《たた》き込んでいた。このまま廊下を突き当たればそこがダイニング、右手にツインベッドルームとバスルーム、左手には横浜の夜景を一望できるリビングに、キッチン、さらに奥にはサブベッドルームとバスルーム、プレイルームにミニバーまで併設されている。

二百平方メートル以上を費やす、まさしく最上級の一室。

稲見には、わかっていた。ここにこそ、ホテルをジャックするような身勝手な奴が、ひとときの支配者気分を味わうため、いかにも立てこもりそうな場所だと。

——気配を探りつつ、稲見は足音を忍ばせ、リビングルームへと入る。

誰も、いない。

ベッドルームか？　そう訝《いぶか》し気に稲見が目を細めた、その瞬間。

「……んんっ！」女の呻《うめ》き声。

稲見は、反射的に身体を伏せる。

直後、ヒュンと、頭の上で音がした。

その音から、稲見は即座に判断する。重厚でもなく、鋭利でもなく、無機質でもない音。

すなわち今のは、生身の身体。鍛え上げられた筋肉が、頭上を切り裂いたのだと。

とすれば——。

すぐさまその場を、二メートル飛び退《の》く。

と同時に、ドン、と何かが衝突した音がする。

こっちは鈍器のようでいて、もっと血の通ったもの。つまり——踵《かかと》。

振り返り、その主と対峙《たいじ》する稲見。そこに、彼は見た。

猿轡《さるぐつわ》を嵌《は》められ、縛られた高石を傍らに、男が、稲見にライフルを向けているのを。

＊

大柄な男だった。

黒いジャケットは隆々と盛り上がり、浅黒く日焼けした真四角の顔が、暗闇に溶け込みながらも、ギラリと威嚇するような視線で睨《にら》み付ける。精悍《せいかん》で、老獪《ろうかい》だが、その実よく見ればまだ幼《いびつ》さが残るその表情は、まったく年齢不詳——年相応の経験を重ねるべき時期を、歪な思想に捧《ささ》げたことで作られた、歪な顔付きであった。

静かに、稲見は問う。「お前、倉橋だな」

「……」倉橋は沈黙している。だがその沈黙こそが、雄弁にその真実を物語る。
銃口はなおも、稲見にピタリと向けられる。
震えることなく、常に稲見の眉間《みけん》を狙ったままの筒先から、稲見は、倉橋が下の十
二人とはまったく異なっていると見抜く。
すなわち、この男は持っている。誰よりも強い精神力と、誰よりも強い身体能力と、
そして誰よりも強い「理想への意志」を。
交渉はまず不可能。ならば、どうするか――じっと視線を倉橋と交わしながら、心
の中で計算を続けつつ、稲見は――再び口を開いた。
「高石ちゃんを、離せ」
「……」倉橋のリアクションはない。だが――。
「は、はへへっへ！」がんじがらめの高石が、抗議の視線を稲見に向けた。「ははひ
ほはんふへへ、ほほはいっへいっはへほ！」
はは、こんなときまで、ちゃん付けはやめろって？
稲見は苦笑した。まったく高石らしい気の強さだ。だが――。
「うるせえ！　女は黙れ！」倉橋が突然、激昂《げきこう》するように叫ぶと、持っていたライフ
ルの銃座で、思い切り高石の頭を殴り付ける。
「ぐ！」高石が、呻きつつ下を向く。その額を、つうと赤黒い筋が流れ落ちた。

「てめえ！」飛び掛かろうとする稲見。

だが倉橋は、あくまで余裕の態度で、稲見に向けられていたライフルの銃口を、ゆっくりと高石のこめかみに突き付けると、稲見を制止した。「そこに止まれ。それ以上近付くんじゃねえぞ？　近付けば、この女を撃つ」

低いが、子供っぽさも感じさせる、倍音の多い声。

だから稲見は、拳《こぶし》を前に出したまま、動きを止めざるを得ない。

おそらく、ホテルの地下で二人の民間人を殺したのはこの男。ただライフルを持っていただけの他の連中とは異なり、この男は、躊躇《ためら》うことなく引金を引ける覚悟を持っている。

刺激は禁物だ——そう心の中で思う稲見を睨みつけながら、倉橋は、表情に不敵な笑みすら浮かべたまま、不遜《ふそん》に顎《あご》を上げた。

そんな倉橋に、稲見は、あえて数秒を溜《た》めてから問い掛けた。「……どうすりゃいい？」

「まず武器を捨てろ」倉橋は、端的に言った。

稲見は、表情は決して変えないまま、右手に持っていた特殊警棒を、倉橋に向かって下手投げで放る。

「拳銃《けんじゅう》もだ」容赦のない注文。

稲見は緩慢な動作で、懐に下げたM37を取り出すと、警棒と同じ軌道で倉橋に放った。

「それで全部か？」

「ああ」

「よーし、いい子だ」ニンマリと不敵な笑みを浮かべると、倉橋は、満を持してライフルを稲見に向けて構え直す。

だが稲見は、倉橋が息を吐ききり、再び吸おうとした瞬間の、心に必ず生ずる「隙」を狙い、唐突な問いを投げた。「お前、なぜ戦う？」

ライフルの筒先が、ぴくりと震える。

その動きが示すのは、ほんの僅《わず》かな動揺。

いいぞ——心の中で頷《うなず》く稲見に、なお照準を覗《のぞ》きつつも、ややあってから倉橋は答えた。「……世のためだ」

「世とは？」

「世は世だよ。世のため日本のため。……そうさ、世直しだ。理想の日本にするためのな」

喋《しゃべ》りながら、理屈を重ねようとする倉橋。

だからこそ稲見は、倉橋に理屈を紡がせるため——そして、そこにさらなる隙を作るため——矢継ぎ早に質問を投げる。

「お前にとっての理想って何だ」

「そんなの、平和に決まってるじゃないか」

「今だって平和じゃないのか？」

「違う。誰も平等に生きてはいない。だから平和でもねえだろ。平和のために、庶民が平等に生きられる社会を作る」

　本質的には異なる平和主義と平等主義。そこを峻別《しゅんべつ》せず、混濁したまま語るのは、倉橋の心の中には純朴な理想主義しかないことの、かつ、その主義主張に人格が呑《の》まれてしまっていることの証《あかし》である。

　だから稲見は思う——なぜこいつは、こんなふうになってしまったのだろう。あるいは、誰かにそうさせられたというのだろうか。

「とにかくだ。どっちにしろこの日本は、もっと理想的なものになるべきだ」自らが語る理想の欺瞞《ぎまん》に気付いたのだろうか。少し苛立《いらだ》ったように顎を上げると、倉橋は、ライフルを再び構え直して言った。「そうなるまで、俺たちは戦うのみ。それが正義だ」

「正義、そして理想ね……はっ！」わざとこれ見よがしな冷笑を浮かべつつ、稲見は馬鹿にするように言った。「そんなのはおとぎ話《フェアリー・テイル》だぜ、倉橋ちゃん。いいか、もっと世の中を見るんだ、周りにある現実をな。そこにあるのは、お前が信じているものなんかより、もっと……」

酷薄な——いや。「……濃厚な、人間の生きる世界があるんだぜ？」

「うるせえ！」稲見の挑発に、倉橋が声を荒らげる。「俺は騙《だま》されねえぞ！　そうやって庶民はいつも虐げられてきたんだ、俺にはこんなダメな社会を改革する義務があるんだ！　そうさ、これは俺たちにしかできない革命なんだよ！」

「…………」平和、平等、正義、改革、革命——どれもこれも、なんと虚《うつ》ろな言葉だろう。抽象的な箱《ガワ》だけがあって、具体的な中身がない、空虚な概念でしかない言葉たち。

だが、実はそれで十分でもあるのだ。

本当は、人は中身なんか見ないからだ。余程のことがなければ、人間はいつも見やすいもの、耳触りがよく聞こえるものでしか、判断などしない生き物なのだ。

だからこそ倉橋は、それを信じたのだ——彼に見える、聞こえるものだけを。

「構えるな。両手を上げろ。パーにしてだ」

一旦《いったん》、落ち着きを取り戻すと、倉橋は、冷酷な口調で稲見に告げた。

稲見は静かに、その指示に従う——視線は絶対に、倉橋の目から外さないまま。

「そうだ。それでいい。そしたらそのまま後ずされ。壁に付くまでだ」

「……………」一歩、一歩。指示通りに後ずさる。

稲見はすでに、倉橋の意図に気付いている。おそらく距離を取り、稲見の反撃機会を失わせてから殺すつもりなのだ。つまりこの一歩は、それだけ自分のチャンスを失う一歩。

すなわち——絶体絶命。

だから稲見は、自分自身に問い掛けた——さあどうする？　稲見朗。

「……よーし、壁に付いたな」

リビングの入口。大きな抽象画の前で、稲見は両手を上げたまま立ち止まる。

倉橋の隙を見つけられないまま、稲見は結局、壁際に追い詰められた。

口角を悪魔的に歪《ゆが》めると、倉橋は、ライフルを構え直す。それから照準で改めて稲見の眉間《みけん》を狙い定め、ゆっくりと引金に指を掛ける。

うーん、まずいな——稲見は、心の中で呟《つぶや》いた。

さすがにこいつは、万事休す、かな？

だが、そのとき——。

ビカッ！

照準越しに、稲見の眉間を凝視していた倉橋の目の奥に、突然、強烈な閃光《せんこう》が迸《ほとばし》った。

＊

「……うわッ！」
倉橋が叫び、反射的に顔を背けた、その瞬間——。
稲見が、虎のごとく、倉橋に飛び掛かる。
稲見のタックルを受け、倉橋は思わずライフルを取り落す。
逃さず稲見は、そのライフルを遠くに蹴飛《けと》ばした。
だが倉橋もさるもの、目をぎゅっと閉じたまま、すぐさま稲見のいる気配を探ると、
鋭い中段蹴りを放つ。
「くっ！」後ろに飛び退《の》く稲見の、今までいた空間を爪先が掠《かす》めた。
手応《てごた》えがなかったことに悔し気な表情を浮かべつつも、倉橋はそのまま、奥のリビ
ングへと逃げていった。
だが稲見は、倉橋を追い掛けることはせず、くるりと後ろを振り向いた。そこには
——。
「間一髪だったな、稲見」脇腹を押さえつつ、フラッシュライトを向ける田丸がいた。
稲見はすぐさま田丸に駆け寄る。「平気なのか？　田丸さん」

「さっきの怪我のことか？」

「そうだよ」稲見は、心配そうに田丸の血の滲《にじ》んだ腹を見た。「かなりの重傷だったろ？　動いて大丈夫なのか？」

「まあな」田丸は、ニヤリと口角を上げた。「血は出たが、内臓までは行ってない。要するにかすり傷ってやつだ」

「それならよかった、けど……」稲見は苦笑する。「やりやがったな」

「悪いな。敵を騙すにはまず味方からだ」パン、と田丸は稲見の肩を叩《たた》いた。

「酷《ひど》い人だなー」稲見は、肩を竦《すく》める。「でも助かった。ありがとう、田丸さん」

「……」照れたように顔を背ける田丸。

だが田丸は、その拍子に一歩、たたらを踏む。

稲見は、気遣うように言った。「かすり傷ったって、傷は傷なんだろ？　あんまり動かないほうがいいよ」

「いや、倉橋の制圧がまだ……」

「あー、だから無理しちゃだめだって」一歩前に出ようとする田丸の肩を、稲見はそっと押さえた。「それは、安心して任せてくれよ。田丸さん……俺たち、特捜班《チーム》っしょ？」

「……」

そして稲見は、笑みを浮かべつつ、自分の胸をポンと叩いて言った。「その分、高石ちゃんは田丸さんに任せますから。ね？」

「……そうだな」田丸は、静かに拳《こぶし》を差し出した。「今度こそ、任せたぞ。稲見」

その拳に、自分の拳を合わせると、稲見は――。

ニッ、と犬歯を見せ、踵《きびす》を返し、リビングへと、倉橋を追い掛けていった。

＊

だが、リビングに、倉橋の姿はなかった。

その奥にあるベッドルームに足を踏み入れるも、そこは無人で、奥のドアが開けっぱなしになっている。

「ちッ……部屋から出やがったな？」だだっ広いロイヤルスイートは、別経路でフロアに出られるようになっている。

独り言とともにドアを走り抜け、廊下からエレベータホールへと戻る稲見。

だが、どこにも倉橋の姿はない。とすれば――。「……上かッ！」

稲見は気付く。倉橋ならば当然思うだろう。屋上には未《いま》だロケットランチャーが存在するはずだ。それさえあれば起死回生の手を打てる、と。

思うや、階段室から屋上へと駆け上がる稲見。

果たして、屋上へ続くドアが開放され、その向こうに続くヘリポートの中央に——。

「……ふん」

ロケットランチャーを手に、不遜《ふそん》な顔付きで稲見を待ち構える、倉橋がいた。

＊

都会特有の濁った夜空にも、不夜城の明かりを煌々《こうこう》と灯《とも》す淫猥《いんわい》なビルにも、その隙間を静かに行き交う車にも、未だ冷たさを帯びた風が通り抜ける、静謐《せいひつ》な春の夜。

そんな夜が、もうすぐ明けようとしていた。

東の空から——徐々に、青い光が立ち上る。

水と潮の濃厚な匂いと相俟《あいま》って、光が人々に朝を告げる。

ジーホテル・ベイの屋上のヘリポートで向かい合い、睨《にら》み合う、この二人にも——。

稲見は、ひとつ小さな息を吐き、呼吸を整えると、ロケットランチャーを構える倉橋の真ん前十メートルの場所で、静かに、構えを取った。

丹田に重心を置き、四肢のすべて、指先爪先までに気を満たしたフォルム。それは、まったく武骨なように見えて、すべての攻撃と防御の起点となる、エスクリマの構えだ。

そんな稲見に、一方の倉橋は、一旦《いったん》は引金に指を掛けるものの、数秒後——これは違うとばかりに首を捻《ひね》ると、ロケットランチャーをそっとその場に置いた。

「……いいのか？　倉橋」

「ああ。弾は極力無駄にしたくねえ」そう言うと倉橋は、目を閉じる。

そして、静かに構えを取る。稲見とは流派こそ異なるものの、相手の二手三手先の攻撃まで対応すべく考え抜かれていることがわかる、洗練された構えを。

はッと短い息を吐いた後、静かに目を開くと、倉橋は言った。「来いよ」

稲見もまた、薄い笑みとともに答える。「いい度胸だ。男だぜ、お前」

倉橋の口元にも、嘲《あざけ》るような笑みが浮かんだ——その刹那《せつな》。

「はッ！」稲見が瞬《まばた》きをした瞬間、倉橋が電光石火、稲見の懐に肘《ひじ》から入った。

まず肘鉄、そして矢継ぎ早の正拳《せいけん》突き、攻撃を二手先まで読んだ稲見は、両手でガードし攻撃に備える——だが。

肘鉄はなく、代わりに倉橋の背中を見る。

ヤバい！　——稲見の右半身に怖気《おぞけ》が走る。

と同時に、激痛。

そして、空が回転する。

その永遠のごとき〇・五秒、宙を舞いながら稲見は思う。

不覚——今の攻撃は、後ろ回し蹴りか！

まともに食らえば脳が振盪《しんとう》し、しばらくは立つこともできなくなるそれが、稲見の無防備な右半身に襲い掛かったのである。だが——。

受け身から身体をくるりと一回転、再び構えを取り倉橋に相対する稲見。

だが稲見は、冷や汗とともに思い知る——今のはヤバかった。モロに食らっていれば、今ごろ黄泉《よみ》の国だ。

だが、ラッキーだった。奴の踵《かかと》は、急所を外し、稲見の肩の骨に当たったのだ。お陰で右手がビリビリと今も痺《しび》れている。もちろん、意識が飛ぶよりマシだが。

稲見はすぐさま気を取り直すと、今の失態を取り返すように、電光石火の左ジャブから、右ストレートを繰り出した。

だがそのいずれも、流麗な手技に阻まれる。仏の印相を思わせる端正さで、稲見の攻撃をすべて無効化しつつ、倉橋はその隙間に新たな攻撃の端緒を作り出した。すなわち——。

掌底《しょうてい》。稲見のがら空きになったみぞおちへ。

「ぐ」急所への一撃に、思わず顔を顰《しか》める稲見。その攻撃が止まった瞬間を見逃さず、倉橋は向こう脛《ずね》へローキック、その足は下ろさないまま顔面へのハイキックを、立て続けに繰り出した。

「がッ！　はッ……！」

一秒にも満たない攻防。

その勝敗は、無残に倒れ、顔を歪《ゆが》め、血に塗《まみ》れた唾《つば》を吐く稲見の姿が、雄弁に物語る。

だが稲見は、ただ倒れているわけではなかった。無表情のまま近付いてきた倉橋に、悶絶《もんぜつ》していると見せかけ、一閃《いっせん》、渾身《こんしん》の足払いを放ったのだ。だが——。

躱《かわ》される。読まれていたのだ。

ちッ——舌打ちしつつ身体を捻《ひね》り、起き上がる稲見の、その脇腹に、倉橋がミドルキックをお見舞いする。

左手一本でガードする。だが、重いキックは腕ごと稲見の肝臓《レバー》にめり込んだ。

反射的に引けた腰の、バランスを失ったところを見逃さず、倉橋のストレート、アッパー、追い打ちを掛けるような後ろ回し蹴《げ》りのコンビネーションが、見事に決まる。

当然のごとく後ろに吹っ飛ぶと、仰向《あおむ》けで倒れたまま、しばらく起き上がれない稲見。

口の中に鉄錆《てつさび》の嫌な味を覚えつつ、苦悶《くもん》の表情を浮かべる稲見の目前で、倉橋は、小さなジャンプを繰り返しながら、挑発するように言った。「お前、そんなもんか？

大したことないな」

「…………」稲見は、無言で応《こた》えつつ、静かに立ち上がると、再び構えを取る。

「無謀だな」倉橋が、鼻で嗤《わら》う。「俺のが強いぞ。今のでわかったろ？」

「……ああ」稲見は、にやりと血の滲《にじ》む口角を上げる。

今の数撃で、確かにわかった。

倉橋の格闘技はまさしく、「極められた空手」なのだということが。だから――。

稲見が前振りなしのハイキックを突然、倉橋の顔面に放つ。しかし倉橋も、当然のごとく避《よ》けると、待ってましたとばかりにローキック、そしてとどめの正拳突きを稲見にお見舞い――。

「……えっ？」一瞬、驚きの表情を浮かべる倉橋。

攻撃が、すべて空を切ったからだ。

それどころか、稲見の姿まで消えていた。驚愕《きょうがく》にほんの僅《わず》か、身体の動きを止めてしまう倉橋の、その背後から現れたのは――。

――稲見。いつの間にか倉橋の脇をすり抜けた稲見は、組んだ両手を倉橋の首筋へと思い切り叩《たた》き付けた。

思わぬ衝撃に、喘《あえ》ぐように口を開き、膝《ひざ》を突く倉橋、しかし根性で振り返ると彼は、そのまま膝《ひざ》蹴りとパンチを連続で繰り出した。

だがそのすべてを稲見は、右手一本でブロックすると、右肘《みぎひじ》を顎《あご》に、左膝をみぞおちに続けざまに放った上で、最後に足払いで倉橋をひっくり返した。

一旦は背中から倒れるも、渾身のブリッジで起き上がった倉橋は、額に青筋を浮かべたまま、その勢いで右ストレート——と見せかけての左ローキックから、さらに必殺の後ろ回し蹴りまでを、惜しむことなく放つ。

だが、一発も当たらない。すべて避けられてしまったのだ。それどころか、着地したところを懐に潜り込まれ、軽くトンと押されただけで無様に転げてしまった。

「ちッ、なぜだ！」距離を置きつつ、倉橋が悔し気に叫ぶ。「なんで当たんねえんだ」

「当たるはずないじゃん」口元の血を拭《ぬぐ》いながら、稲見は、肩を竦《すく》めた。「お前さ、空手ばっかりやってきたろ？　しかも全部お手本のようなやつをさ。それじゃあ、目を瞑《つむ》っていても避けられる」

「ざけんな！　お前だって師範代だろうが！」憤怒《ふんぬ》の表情で三度起き上がり、自暴自棄とも言えるラッシュを掛ける倉橋。だが稲見は、大きなスウェーで二メートル、素早く身体を引くと、倉橋の手が止んだところで一転、倉橋の足元に入り込み、その足を引っ掛けた。

またも、前に倒れ込む倉橋。

「……な？　もう諦《あきら》めろよ」稲見は言った。「技術ってのは、ひとつ知ってるだけじゃだめなんだ。ひとつ極めたくらいじゃ満足せず、幾つもマスターして、臨機応変に使う。それが実戦ってもんさ」

「クソッ」よろけつつ起き上がると、倉橋は、稲見から大きく間合いを離し、吐き捨てるように言った。「畳の上だけで戦ってた俺じゃ、お前と戦うには力不足ってことか？」

「ま、そういうことだ」

「そうか……」そう言うと倉橋は、両腕をだらりと下ろし、構えを解いた。「じゃ仕方ねえな」

稲見もまた、構えを解いた。「自首する気になったか。倉橋」

「…………」

しばしの沈黙。だが――。

「……ざけんなよ」倉橋は、ニヤリとなおも不敵な笑みを浮かべた。「俺は、負けねえ」

そう言うと倉橋は突然、後ろを向いて走り出す。

倉橋の視線の先にあるのは――ロケットランチャー。

「まずいッ」追い掛ける稲見。だが、追いつかない。距離がありすぎるのだ。

まさしく、最後の切り札たる武器を我が手にしようと、全速力で走る倉橋が、三秒後、遂にロケットランチャーを手にしようとした、まさにその刹那《せつな》。
ピュウ、と突風が吹いた。
「うわッ」煽《あお》られ、横に倒れ込む倉橋。
と同時に激しいプロペラ音が轟《とどろ》く。耳を劈《つんざ》く爆音とともに建物の陰から現れたのは
――。
ヘリコプター。そして――。「大丈夫かー、稲見！」
その開放されたドアから稲見に手を振る、吉永だった。
「おー、班長ー！」空から現れた心強い仲間たちに手を振り返すと、傍らの倉橋を後《しり》
目《め》に、稲見は、悠々とロケットランチャーを回収した。
やがて――。
ヘリコプターが、ヘリポートに着陸する。
そこから降りてくるのは、吉永に大山、そして――妹尾。
心強い仲間たちとともに、稲見は、倒れたまま苦し気に呻《うめ》く倉橋に、通告した。
「これで詰みだぜ。倉橋丈士」
ポケットに手を突っ込んだまま、吉永も言う。「もう手はない。大人しく投降しろ」
「年貢の納めどきってわけ。残念ね」大山も、肩を竦めて言った。
だが、そんな特捜班の言葉にも、倉橋は――。

「……………」黙り込んだまま、ゆっくり、よろめきながら立ち上がる。

そして、やはり無言で、胸のポケットに手を突っ込む。

拳銃《けんじゅう》か？　——身構える特捜班。

だが、倉橋が取り出したのは、スマートフォンだった。

倉橋は、そのプラグにイヤフォンを差し込むと、小さく言った。「俺さ、好きな曲があるんだよ」

「どんな曲だ」問う稲見に、倉橋は——。

「言わねえ」ニヤリと笑みを浮かべて、稲見を睨《にら》む。「言うもんか。お前らなんかに」

倉橋は、イヤフォンを耳に差し込むと、再生ボタンをタップする。

それから、流れ出す音楽にすべてを委《ゆだ》ねるように目を閉じ、大きく深呼吸。そして
——。

「……世の中を憂う人間は、まだたくさんいるんだ。俺たちが倒れたって、誰かがやる。後を継ぐのさ」

そのとき、倉橋の背後で赤い光が弾《はじ》ける。

日の出——太陽が昇ったのだ。

地上を、港を、そしてヘリポートと、そこに佇《たたず》む人々を遍《あまね》く照らす光。思わず目を細める稲見に、倉橋は——。

「坂東さん。あなたの夢は……いや、俺たちの夢は、滅びません」

そう言うや、やにわに踵《きびす》を返し、走り出した。その向かう先は——。

ヘリポートの、縁。

「あっ！」追い掛ける稲見。「待てっ！」

駆ける倉橋。その後ろで手を伸ばす特捜班。

その距離、僅か数メートル。だが——信念に燃え、信念に殉じようとする倉橋には、そのほんの僅かの距離が、まるで永遠のものであるかのように、届かない。

「待て、行くなっ！」叫ぶ稲見。

しかし倉橋は、そんな稲見を嘲笑《あざわら》うかのように、最後の一歩を、タン、とごく軽やかに跳ねると——。

「倉橋ィ！」

稲見の絶叫を背に、ホテルの縁から、虚空へと——飛翔《ひしょう》した。

10

午前七時——。
燦々《さんさん》と朝日が差し込む横浜港に、いつもと同じく屹立《きつりつ》する、白亜のホテル。

だが今は、その周囲を何十台ものパトカーが囲み、隙あらば忍び込もうとするマスコミを阻みつつ、物々しい警護を続けていた。

その裏口から出てくるのは——満身創痍《まんしんそうい》の特捜班。

だが、全員が無事ではあった。吉永と大山、妹尾に引き続いて出てきたのは、田丸と稲見、そして稲見に肩で支えられる高石。

無事、任務を終えた彼らを出迎えるのは、樫井と、そして——青沼。

吉永が樫井に問うた。「ＶＸはどうなった？」

「もちろん、無事処理完了です。……ちょっと勿体《もったい》ない気もしましたけどね」樫井が、悪戯《いたずら》っぽく鼻の下を擦《こす》りながら言った。「それより、高石さんは大丈夫？」

「ああ」田丸が答える。「疲労は激しいが、怪我はない」

「そっか、それならよかった。いつの間にか、稲見くんとも仲良くなったようだしな」

「……やめてよ」肩で支えられつつも、高石は毒づいた。「不本意なんだから。……こんな奴に支えられるの」

「でも、まんざらでもないでしょ？」稲見が、にっと歯を見せた。

樫井が言う。「昨日の敵は今日の友」

「ジャンプの定番ね」と大山。

「………」恥ずかしそうに口をへの字に曲げると、高石はそっぽを向き、ひとり唇を尖《とが》らせた。「やっぱり嫌いよ、特捜班《こいつら》なんか」

「ほんと、高石さんは嘘ばっかりだなー」樫井がすぐさま言った。「俺にはわかるんだよ。君が本当に、ずっと、ずーっと嘘ばっかり吐いてるってね」

樫井の言葉に、特捜班は一様に笑みを浮かべた。

「……ありがとう」妹尾も、そんな彼らに頭を下げて言った。「高石を救い出してくれて。俺からも礼を言う。本当にありがとう」

「いや、礼を言うのはこっちだ」吉永が答えた。「高石とお前がいなければ、この事件は解決しなかった。本当に、お前たちのお陰だ」

「………」照れているのか、妹尾もまた顔を背けた。

そんな和やかな彼らに――。

「ご苦労だった」青沼だけがひとり、険しい顔付きで言った。「お前らは今すぐオフィスに戻り、引き続き指示を待て。以上」

「……それだけっすか」稲見が、抗議するような視線を青沼に向ける。

「ああ。それ以外に何か？」

「これだけ苦労して任務をこなしたんです。労《ねぎら》いのひとつもあっていいんじゃないですか」

「労い、か」ややあってから、青沼はなおも無表情で言った。「残念だが、それは仕事を完璧《かんぺき》にこなした者にだけ与えられるものだ」

「俺たちは、事件を解決しましたよね？」稲見が、なおも抗議する。

「ああ。確かにお前たちは解決した」青沼は、冷徹に言葉を継ぐ。「だが、完璧じゃない。これでは到底、仕事をこなしたとは言えない」

「…………」青沼の言葉に、稲見は沈黙する。

解決しただけでは、仕事をこなしたとは言えない。

稲見にもよくわかっていたのだ。確かにホテルジャックは解決した。だが、その首謀者である倉橋が死んでしまった以上、それは完璧なものではないのだと――だから。

「俺からの指示は以上だ」

そう言うと、くるりと身体を翻し、その場を去る青沼に、稲見も、田丸も、特捜班の誰も、返す言葉がないまま、ただじっと口を噤《つぐ》んでいるしかなかった。

＊

倉橋の転落死体は、ホテルのすぐ前、センターコンコースにあった。

血溜《ちだ》まりの中央で、濁った半目のまま静かに息絶えた倉橋。あれほどの高さから転落しながら奇跡的に大きな損傷はなく、まるで、眠っているような死体――。春の朝の、現場検証を控えた警察が、その周囲に非常線を張り隔離するその中央で、今は冷たい彼の肌ようやく寒さが和らぎ、麗《うら》らかさとともに花の香りを帯びた風が、今は冷たい彼の肌を、あるいは髪を、そして身体全体を、まるで慰撫《いぶ》するようにすり抜けていく。

倉橋の耳からは、イヤフォンが抜け、ぶらぶらと揺れていた。

そのスピーカーからは、未《いま》だあの曲が流れ続けていた。

持ち主同様、落下の衝撃にも奇跡的に破損を免れた、スマートフォン。それがただひたすら、今なお、彼が愛してやまなかったあの一曲を、延々とリピートし続けているのだ。すなわち――。

決して終わることない『ワルキューレの騎行』を、いつまでも、いつまでも――。

＊

五人がオフィスに戻ったときには、すでに日は高く昇っていた。

妹尾と高石とは、本庁で別れた。そのときの彼らも疲労困憊《こんぱい》だったが、特捜班もまた、負けず劣らず疲れ切り、ぼろぼろの状態で各々、デスクでぐったりとしていた。

そりゃあそうだ。ほぼまる一日を、あれほどの任務に費やしたのだから――。

にもかかわらず、青沼の評価は──「解決した。だが、完璧じゃない。これでは到底、仕事をこなしたとは言えない」

その台詞《せりふ》を思い返すたび、果てしない徒労感が、特捜班を襲った。

もちろん、ホテルジャック事件そのものは無事、解決した。宿泊客、従業員の計五五〇名の無事は確保されたし、その解決に貢献したのは、まさしく隠密裏《おんみつり》に動いた特捜班の働きがあってこそだと言えるだろう。

だがそれでも、主犯である倉橋をあの世に取り逃がしてしまったのは、致命的であることには違いない。

事件の全容解明のためには、倉橋の供述は必須《ひっす》。にもかかわらず死なせてしまったのは、まさに特捜班のミスである。その点を青沼が指摘し、特捜班の仕事が不完全だと断じたのもまた、当然のことなのだ。

もっとも──特捜班はこのくらい、慣れてはいる。

普段から、決して他者からも、上司からも評価されない仕事を、時として他でもない自分自身が無力感に襲われる仕事を、いくつも経験している。そのことを考えればこのくらい、どうということはない。そう、いつもどおりの結末なのだが──。

それでもこの空《むな》しさは、徹夜明けの疲労と相俟《あいま》って、今の特捜班には、きつかった。

だから、樫井はデスクに突っ伏し、大山はぼーっと心ここにあらずの体でノートパソコンを弄《いじ》っている。田丸は壁に凭《もた》れて外をじっと眺め、班長の吉永でさえ、片肘《ひじ》をデスクに突き、疲れた顔で目を閉じている。交わす言葉も見つからないまま、ただ各々が、各々の疲れを、各々の方法で、自ら癒《いや》すよりほかはなかったのだ。そして——。

そんな中でも人一倍、取り分け解せないと言いたげに、眉間《みけん》に皺《しわ》を寄せる男がいた。

稲見だ。

稲見はじっと、顎《あご》に手を当てて考えていた。それは、青沼の評価——ではなかった。

一連の事件を経て、稲見が感じていた「それ」を、静かに思い返していたのだ。

ホテルジャックから始まり、外壁の攻防から、VXの除去、エレベータからの侵入、そして十三士との激闘、遂には倉橋が死を迎えるまでの、この、濃密な記憶を。

そう——妙なのだ。

考えれば考えるほど、何とも言えない「違和感」が、稲見に告げるのだ。

事件はまだ、解決などしていないと。だから——。

しん——と静まり返るオフィス。

稲見は、疲れ切った特捜班を一瞥《いちべつ》すると、おもむろに言った。「……なんでだと思う？」

その一言に、沈鬱《ちんうつ》だった特捜班が皆、一瞬にして真剣な顔を上げる。

きっと全員が、その「違和感」に気付いていたのだ。そう確信を得る稲見に、田丸が問うた。「なんでだって、何がだ？」

「倉橋と十三士だよ」稲見は即答する。「どうしてあいつら、あんなふうに動けたのかな」

「…………」田丸は、沈黙した。

つい先刻の、稲見とのやり取りを、思い出していたからだ。

――田丸さん、今、何考えてる？

――お前が考えていることと同じだ。聞かれてる。

――んで、リークしてる。つまり……。

――裏切り者がいる。

そう、稲見の、どうして「あんなふうに動けた」のかという疑問の背景には、先刻のやり取りがある。それを踏まえて、稲見は疑問を口にしているのだ。

裏切り者がいる――という不審を。

「考えてみれば、おかしなことだらけなんだよ」沈黙する田丸をよそに、稲見は続ける。「あいつら、俺たちの作戦をまるで先読みして動いているように感じることはなかったか？　例えば、ホテルの壁をよじ登ったとき」

「確かに、待ち伏せしてたわね」大山が、頷《うなず》く。「まるであんたたちが、その場所にいることを最初から知っているみたいだった」

「もちろん単なる偶然かもしれない。でも」稲見は言った。「そうじゃないかもしれない」

「つまり……誰かが、あいつらにリークしたと？」

「ああ」稲見が、大きく頷く。先刻の田丸とのやり取りではやや懐疑的だった稲見も、今は、相当の確度をもって、その疑いを捉《とら》えている。

稲見は、さらに言葉を継ぐ。「偶然だけじゃ片づけられないことは、ほかにもある」

「確かにな」樫井が、頷いた。「十三士ったって、大学生の一サークルだった立誠会に集まった、ただの学生たちだよな。あいつらがどうしてあんな『武器』を持てたのかは、本当に不可解だ。誰かの後押しがあったとしか思えない」

「後押しか――。相当な力のある奴……あっ！」大山が手を打った。「そうか、それが坂東馨か！」

「違うな」田丸が異議を唱える。「本当に坂東にそこまでの力があると思うか？　そもそも坂東はどこにいる？」

「じゃあ、そんな奴、そもそもいなかった？」

「いや。いたはいただろう。ただ、本物の坂東はこの事件とは無関係だっただけだ」

「てことは……つまり？」

「別の何者かが、坂東を騙《かた》った。倉橋を、我が意に操るために」

「……マジで！」

「それだけじゃない。もうひとつ、あるんだ」稲見が、さらに続ける。「倉橋の奴、俺のことを『師範代』だと勘違いしていたんだよ。でも俺は今まで、そんな嘘を吐いたことは一回しかないんだ。……ホテルの壁をよじ登る、直前にね」

すなわち、稲見の言葉が意味することは、ただひとつ。

稲見が吐いた嘘が、すなわち特捜班の会話そのものが、倉橋に筒抜けだったということ。

「……直接、倉橋は聞いていたのかな」

「違うな」大山の問いに、吉永が首を横に振る。「通信は高度に暗号化されている。電波を拾ってもすぐ会話には復元できない」

「ってことは、誰かが倉橋に伝えたんだな」樫井が言う。「……特捜班の誰《こ こ に い る》かが」

「あたしたちの誰かがリークしたってこと？　まさか！」大山が机を叩《たた》く。

「そうだ。それはあり得ない」吉永が言う。「稲見たちの会話を聞いていたのは、確かに俺たちだけだが、もし特捜班なら、稲見が『極真空手《きょくしん》の師範代』だなんて情報は伝えない」

「いつものつまんない嘘だって知ってるものね」

「そんなにつまんなかないだろ」頭を掻《か》きつつ、稲見は続ける。「でも、少なくともここにいる人間だったら、俺の言葉を信じないのは確かだな。ってことは……」

「結論は、ひとつか」吉永が、促す。

「ええ」稲見が、真剣な眼差《まなざ》しで頷く。「特捜班とともにありながら、特捜班ではなかった奴が、俺たちを裏切り、倉橋側に情報をリークしてた」

「…………」すでに答えを導いた田丸が、憂いを帯びた表情で言った。「……あいつか」

田丸の言葉に、稲見は静かに「ああ」と頷いた。「捜査一課の刑事。妹尾克彦さ」

＊

捜査一課。

東京都の治安を担う中枢たるこの課は、霞《かすみ》が関《せき》の北の端、桜田門《さくらだもん》に建つ警視庁の庁内でも一際、存在感を放つ部署である。

その独特のオーラは、課員が皆、首都東京で日々勃発《ぼっぱつ》するさまざまな犯罪を撲滅せんとする矜持《きょうじ》を持ちつつ、まさにその証《あかし》とでもいうように、背広の襟に「S1S mpd」と金文字で刻印された赤バッジを一様に着用していることにより生まれているのかもしれない。

いずれにせよ、たとえ同じ庁内の警察官であっても敷居の高さを感じさせる、言わば「精鋭の城」とでも言うべき部署に、今——特捜班の五人が乗り込んでいく。

「妹尾警部補はいるか」雑然とした捜査一課の、誰もいない受付で、吉永が言う。

「……誰です、あんたら」やがて明らかに怪訝《けげん》そうな表情で、若手刑事が応対した。

「出頭ですか？　だったらあっちに……」

「特捜班だ。妹尾警部補を出してくれ」

「特捜班？　……って、まさか」驚きとともに、警戒の色を強める若手刑事。「あの特捜班か？　だがなんで公安がここに……」

「あれ、もしかして吉永か？」横から、また別の年輩刑事が現れた。「久しぶりだな、元気にしてるか」

「え、知ってるんですか、先輩」

「知ってるも何も、吉永は去年までここにいた奴だぞ」年輩刑事が、若手刑事を窘《たしな》めるように言った。「いろいろあって今は公安だが、腕利きの刑事だ」

「…………」あまり納得いかない、といった表情を、若手刑事は浮かべた。

「それで吉永、何か用か？」

顔見知りと思《おぼ》しき年輩刑事に、吉永はしかし、表情は険しいままで問う。「妹尾警部補に会いたい。さっきまで一緒にいたんです。今はここにいるのでしょう？」

「あー、例のホテルジャック事件か。あれ、お前らも絡んでたのか？」

「…………」

「答えられないってか。まあそうだろうな。詳しくは聞かんよ」

ちょっと待っててくれよ──席を外す年輩刑事。だがすぐに戻って来てしまう。

「……っかしいな、姿が見えん」

「いませんか」

「さっきまでデスクにいたと思ったんだがな」

「じゃあ、高石は？」

「高石ならいるぞ。おーい！」手を上げて大声を出す年輩刑事。

「……なんですか班長」十秒後、先刻までの疲れも見せず、高石が機敏に現れた。

「誰かお客さんでも……あっ！　あんたたち！」

よっ、と小さく手を上げた稲見に、高石は、先刻の若手刑事の百倍は怪訝そうな顔をした。「何しに来たのよ、こんなとこまで。事件はもう終わったでしょ？」

「ああ。だが今は妹尾を探してる」吉永が言う。「いるか？」

「それだったら、さっき帰ったと思うけど。……何かあったんですか」

「それがな……」手短に、経緯を説明する吉永。

裏切るという言葉は使わず、「妹尾が何かを知っている」と言い換える吉永の説明に、それでも真意を悟ったのか、高石は少しずつ表情を険しく変えていく。

やがて、吉永が話し終えると、高石はぽつりと言った。「……信じらんない」

「そうだろう。だが、これはいずれにせよ、はっきりさせなきゃいけないことだ」

「……」数秒の沈黙。だが高石は、納得したように小さく頷くと、すぐさま「ちょっと待ってて」とスマートフォンを取り出し、どこかに電話を掛けた。だが——。

「だめ。出ない」

「妹尾か？」

「ええ。留守電になっちゃう。いつもなら絶対、スリーコールで出るのに」戸惑ったような顔を上げる、高石。

連絡が取れないとは、どういうことか。妹尾に何か、あったのか。それとも——。

困惑に口を閉ざす一同の中でただひとり、田丸が呟《つぶや》く。「……嫌な、予感がするな」

その呟きは、ほどなくして現実のものとなった。

——正午過ぎ。

捜査一課を通じて、オフィスにいた特捜班にもその事実が伝えられた。

「……それは、本当か」連絡を受けた吉永は、ただひたすら険しい表情を浮かべたまま、悪いな、とだけ呟くように言うと、電話を切った。

「何かあったんすか？　班長」

いや、当然何かあっただろう。吉永の剣呑《けんのん》な雰囲気から、そう予期しつつもあえて聞く稲見に、吉永は――。

「…………」しばし、答えもせず黙りこくっていたが、やがて、低く掠《かす》れた声色で、答えた。「妹尾がいた」

「どこにいたんです？」

「東京湾だ」苦虫を噛《か》み潰《つぶ》した表情で、吉永は言った。「死体《ほとけさん》になって見つかった」

＊

防波堤の外側に、現在進行形で作られている埋立地。

未《いま》だ地名さえ付されていない、まるで秘匿されているような、東京の淀《よど》んだ海の先。

生暖かい潮風が、生臭さとともに顔を撫《な》でる午後。カモメがゴミに交じる僅《わず》かな餌を目当てに、あさましい群れを成す、その真下の海岸線に、田丸と稲見はいた。

周囲には、数台のパトカー。

それらが取り囲む中央に、目が覚めるようなターコイズブルーのシートが、何かに被《かぶ》さり、盛り上がっている。

稲見とともに制服の警察官たちを押しのけると、田丸は、シートの横に立つ所轄刑事らしい男に問うた。「死体が上がったのは、ここか」

「あ？　誰だあんたら」

「公安部特捜班の田丸だ」

「特捜班……って、あんたらがか！」驚いたように目を丸くする刑事は、もう五十は過ぎた年輩の小男だったが、しかし海千山千らしい鋭い視線で、田丸と稲見を素早く観察した。「言われてみりゃ確かにそれっぽいな」

何がそれっぽいのかはわからないが、とりあえず誤魔化すように「まあね」と苦笑しつつ、稲見は問う。「それより、死体はこれか」

「そうだよ。見りゃわかるだろ」刑事は、シートの盛り上がりを顎《あご》で示した。「上がったばかりだが、見るか？」

「もちろん」しゃがみ込むと、田丸はシートを捲《まく》る。「……妹尾」

ぐっと声を詰まらせた田丸の代わりに、稲見が溜息《ためいき》を吐いた。「あー……間違いないね」

そこに横たわるのは、まさしく、ともにホテルに乗り込んだ、妹尾その人だった。

「死後二時間。ま、推定だがな」無言の二人の代わりに、刑事は、懐から取り出したピースに火を点《つ》け、煙を燻《くゆ》らせながら言った。「ここの埋め立て業者が見つけた。おそらく荒川《あらかわ》の下流あたりに身を投げて、ここまで流されてきたんだろう」

「事件性は？」田丸が問う。

「ない。……たぶん、な」まだ火の点いたピースを、そのまま妹尾の亡骸《なきがら》の前に置くと、刑事は言った。「特に外傷もないし、事件というよりは事故だろう。細かくは検死でわかると思うが。それにしても……まったく、信じられんよ。妹尾《こいつ》が自殺するなんてなぁ」

「知ってるのか」

「知ってるも何も、昔の同僚《なかま》だ」刑事は、静かに手を合わせた。「お前らのボスのことも知ってるぞ。その……大丈夫か、吉永《あいつ》は？」

「大丈夫……とは？」

「ピンとこないか……そうか。わからなきゃいいんだ」ぼそりと呟くと、刑事は顔を背けた。

ピピピピ――田丸のポケットで、スマートフォンが鳴る。

「はい」素早く出る田丸。相手は――。

『今、平気か？』当の吉永だった。

今、捜査一課が行っている妹尾の自宅の家宅捜索。それに立ち会っている吉永の、タイミングを見透かしたかのような電話に、田丸は稲見とアイコンタクトを取りつつ、答えた。「ええ。大丈夫です」

『死体はどうだった？』

「確認しました。妹尾に間違いありません」

『そうか……』

「そちらはどうですか。何か証拠は」

『証拠か。色々見つかってるよ』苦笑とともに、吉永は答えた。『妙なかつらにどでかいマスク、群青色のスーツにサングラス。変声機まである。見つかりすぎるくらいだ』

「どれも、他人に成り代わっていた証拠ばかりですね」

『そのとおりだ。加えて本庁では、裏ルートから警視庁《うち》の人間が武器を調達していたらしい情報を入手している。どうやらそいつは、捜査一課の刑事であったらしいと』

「…………」

『さらに、もうひとつ情報がある』

「……なんですか」

『さっき大山から連絡があった。例の立誠会を立ち上げた坂東についてだが、奴の郷里である山梨の病院で、十年前の死亡記録が見つかった。死因は肺癌だそうだ』

「ということは、坂東はやはり……」

『ああ。とっくの昔に病死している』

「つまり、倉橋が心酔していた坂東馨の正体も」

『妹尾克彦に間違いない、ということだ』

そう言わざるを得ない――深く長い溜息とともに、吉永は電話を切った。

ツー、ツーと無機質な音を聞きながら、田丸は呟く。「くそッ……一体、何なんだ」

「何なんだって、何が？」

「動機だよ」田丸は、稲見の目を見つめながら言った。「俺たちを裏切ってまで、妹尾を駆り立てたものは、一体……何だったんだ」

「動機っすか」その疑問に、稲見は――数秒を置いて答える。「たぶんだけど、きっと……空《むな》しくなったんじゃないかな」

「空しくなった……？」

「ええ。田丸さんも聞いたでしょ？　妹尾がこんな言葉を吐いていたのを……」

――いつも思うんだ。国家ってのは本当に、信用するに値する存在なのかなって。

――俺たち警察のしていることは、本当に、正しいことなのか？　俺たちの仕事は、本当に世のため人のためになっているのか？

――あんな理不尽を見せられて、正直言うとな、俺、時々わからなくなるんだよ。

――何が、正義なのか。

「俺、知ってるよ。妹尾さんが正義を実現するためにあえて現場主義を貫いた人だって。けれど、こんな心情を聞いてしまえば、俺にもひしひし感じるんだ。妹尾さんが、正義が実現されないことへの『やり切れなさ』を、どれだけ感じていたのかを……」

それは、稲見だからこそ、よくわかることだった。

正義と名の付くものが、自分にとって正義と感じられず、むしろ悪としか思えないことが、往々にしてあることを。そうなってしまえば、常にやり切れなさに加え、耐え難い罪悪感に苛《さいな》まれながら、職務を遂行しなければならなくなるのだということを。

そう、まさしく、稲見自身だって、そうだったのだから。妹尾が銀行立て籠《こ》もり事件の悲惨さを目の当たりにして、正義の意味を失ったように――。

「妹尾は、自らの思う正義の実現のため、事件を起こしたのか」

「……あ、ああ」はっと回想から戻ると、稲見は頷《うなず》いた。「職務への空しさと怒りが、妹尾さんに裏切りの道を選ばせた。その気持ち……俺たちだってよくわかるでしょ？」

「………………」田丸は、口を真一文字に結び、瞑目《めいもく》した。

それは、稲見が述べる動機が信じられないという疑念と、しかし確かにこの事件の背後には妹尾がいたと言うべき証拠の積み上げがあるという事実、何よりも、その空しさが、特捜班だからこそ理解できるという心情――それらの狭間《はざま》で、揺れているからこその、長い、長い沈黙だった。

＊

捜査一課の現職刑事が引き起こした、ホテルジャック事件。

警視庁内が、その対応に大わらわとなる中、特捜班の五人は、ただ静かに、桜田門からは遠く離れたオフィスへと戻っていた。

今後、妹尾の一件がどのように扱われるのかはまだ、わからなかった。真の犯人として警視庁自ら検挙するのか、それとも、これまで幾つもそうしてきたのと同様、身内の犯罪はとことん隠蔽《いんぺい》し、闇に葬ってしまうのか。

もっともそれは、刑事部でもなければ、公安の中でも陰の存在である彼らには一切、関係のないこと。仮にその男が、特捜班とともにホテルジャック事件を解決した仲間だったとしても——だから。

特捜班は、何も、言わない。

かくして事件は、極めて苦々しい形での、真の解決を迎えた。

これで、本当の終わりなのだ、と思われた。

だが——。

11

——夜。

静謐《せいひつ》でありながら、それでいて湧き立つような、春の宵——。

事件から二十四時間が経ち、さしもの特捜班も、ほとんどがオフを得て、それぞれのプライベートへと去っていった後。

青海南ふ頭公園から徒歩十分。ひっそりと、しかしそこだけ煌々《こうこう》と明かりを灯《とも》した《青海フロンティアビル》特捜班オフィスには、ただ二人、田丸と大山だけが残っていた。

田丸も、大山も、事件の発生から今に至るまで、一睡もしていなかった。

もちろんただの二十四時間ではない。ホテルジャックの発生から、濃密な倉橋たちとの攻防、そして妹尾の死まで、彼らはその一部始終に関わったのだ。その疲労が限界に近いことは、もはや言うまでもないこと。

にもかかわらず、どうしたわけか、二人はオフィスを去らなかった。

かといって、何かを話すわけではなかった。大山はひたすら、ノートパソコンでブラウザを立ち上げ、ネットサーフィンをしているようだったし、田丸もまた、ひたすら何かを考え続けていた。言わばそれは、偶然すれ違う通行人同士のように、同じ場所にいながらにして、お互いに一切の興味を持たない、赤の他人のようでもありつつ、それでいて密《ひそ》かに意識し合うような、奇妙な関係。

ともかく、田丸がここにいるのには、明らかな理由があった。

田丸は——釈然としていなかった。

大山が何を考えてここに残っているのかは、田丸にはわからない。だが自分自身が、どうしても腑《ふ》に落ちないからここにいることは、はっきりと自覚していた。

どうして、釈然としないのか。その理由は、田丸には明らかだった。

田丸にはどうしても、妹尾があんな事件を起こす人間だとは思えなかったからである。

決して短くない時間、彼の友人として付き合っていた田丸にとって、この事件の真犯人が妹尾克彦であるなどという結末は、どうしても納得ができなかったのだ。

つまり、あれほど正義感に溢《あふ》れた人間が、ただその正義を見失ったからといって、こうも易々と犯罪の道へと堕《お》ちていくものだろうか。裏ルートに手を回して武器を調達し、人を唆《そそのか》すという悪事に手を染めてまで——。

キャラクターだけじゃない。田丸には、どうしてもあの妹尾が——一昨日《おととい》見たあの男が、社会を転覆させんと企み、日本を震撼《しんかん》させた犯罪者であったとは、どうしても信じられなかったのだ。

——来月娘と会えるのは楽しみでもあるんだが。

そうだ。そもそも、そんな事件を起こそうという人間が、こんな台詞《せりふ》を吐いて、あんな顔をするとは、とても思えないのだ。

それに、何よりも——。

「なあ、大山」ふと田丸は、大山に問う。「ひとつ質問していいか」

大山は、ディスプレイからは目を離さず、常人離れしたブラインドタッチもそのまま、無表情で答える。「……なんですか」

「好きなアーティストはいるか？」

「アーティスト？　んー……」大山は、片方の眉《まゆ》の上だけに、ほんの少しだけ、怪訝《けげん》そうな皺《しわ》を寄せた。「いますけど、田丸さんは知らないかと」

「何て奴だ？」

「人じゃなくてバンドです。『クライシス』っていう」

「………」

「カナディアンデスメタルの始祖と言われているバンドで、要するにメタリカみたいな位置付けなんですけど、デスでもどっちかといえばメロディアス寄りの……って、わかんないですよね。視聴します？」

「いや、いい」ようやく顔を田丸に向け、イヤフォンが挿さった手元のスマートフォンを差し出す大山に、田丸は首を横に振った。「遠慮しとくよ」

「そのほうがいいです」くすっ、と薄く笑みを浮かべる大山。「素人さんは五秒で嫌になるサウンドですからね」

「曲はスマホに入れてるのか」

「ええ、デビュー以来の全アルバムが入ってますよ。もちろんブートレグも」

「……そうだよな」突然、田丸が大きく頷いた。「普通はそうなる」

「……？　何がです？」

怪訝そうに問い返す大山に、田丸はなおも首を縦に振る。「好きだったら全曲揃えたくなる、普通はそういうもんだ」

「……田丸さん？」突然の田丸の言葉に、タイピングの手を止め、大山は怪訝そうに田丸を見る。だが――。

「にもかかわらず、倉橋は違った」大山をよそに、田丸は独り言のように続ける。「奴のスマートフォンに入ってたのは、『ワルキューレの騎行』一曲だけ。あいつは最期まで、それだけを聞き続けていた。『さまよえるオランダ人』も『ジークフリート』も聞かずに、『ワルキューレの騎行』ただそれ一曲だけを。つまり倉橋は、ワーグナーが好きだというわけではなく、ただ『ワルキューレの騎行』だけを好んでいたんだ。

理由は……坂東馨に心酔していたからだ。坂東が『ワルキューレの騎行』を聞くから、自分も聞いていた。ただそれだけのことだった」

「ちょ、ちょっと待ってよ」矢継ぎ早に紡がれる田丸の言葉に、大山が問う。「田丸さんさ、何が言いたいの？」

「妹尾はやっぱり、坂東馨を騙《かた》っちゃいなかったってことさ」田丸は、詰め寄るようにして大山に言った。「なぜなら妹尾は、音楽なんか軍歌くらいしか知らない奴だったからだ。坂東馨が心酔していたワーグナーなんか、聞くはずもないんだ！」

「…………」

思わぬ剣幕に、驚いたように固まる大山に、ややあってから田丸は言った。

「なあ、大山。頼みがある」

「何、ですか」

「お前の力を貸してくれ」

「…………」突然の依頼に、目を逸《そ》らす大山。

そんな大山に、田丸は呟《つぶや》くように言う。「情報を集めているのは知っている」

「えっ……？」

はっとした顔を見せた大山に、田丸は畳み掛ける。「お前が密かにあちこちの役所をハッキングしていることをな。特捜班のリソースを使って」

「な……何を急に」

「バレていないとでも思ってたか？」

「………」警戒心を顕《あら》わにした眼差《まなざ》しで、大山は言った。「……班長に、報告するんですか」

「いいや。そのつもりはない。ただ」田丸は、大山の目を見て言った。「取引がしたい」

「……取引？」

「ああ。力を貸してほしい。お前の、そのハッキングの能力が、まさに今必要だからだ。ただ……」

「……ただ？」

「これは、俺らが俺ら自身を裏切ることにもなる。その覚悟は要る」

「裏切る。何を？　どういうこと？」

「…………」質問には答えず、ただ口元に笑みを作ると、田丸はあることを口にする。

それを聞いた大山は――。

「……マジっすか」目を丸くした。「本気で、そんなことをするつもり？」

「ああ。難しいか」

「わかりません。でも間違いなく簡単じゃない。あそこの堅牢《けんろう》さは折り紙付きですから」

「時間がかかるか」

「ええ。幸運に恵まれて十分、早くて十時間、下手をすると……十年」

「どれだけ掛かってもいい。お前ならできるはずだ」

「………」少し口角を上げて微笑む大山。だが——。

彼女はそれきり、躊躇《ためら》っているかのように、すぐには動かない。

そんな大山に、田丸は問う。「罪悪感があるのか？」

「なっ……！」はっとしたような顔で、大山は首を左右に振った。「まさか、罪悪感なんて、そんなのあるわけ……だって、今さらだし。ただ……」

「……ただ？」

逡巡《しゅんじゅん》するような数秒を置いて、大山は呟いた。「……今やるのが、イヤなだけ」

＊

一時間後。

それは、大山でなければ何日も、何十日も、あるいは彼女自身が言ったように、何十年も掛かった作業かもしれない。

だが大山と、彼女が開発したツールの性能は、おそらくすべてのシステム関係者が驚くほど、常識外れだったのだろう。

「ほんと、よくできたファイアウォールですよこれ」大山は、ふーと長い安堵《あんど》に満ちた溜息《ためいき》とともに、田丸に言った。「でも、なんとかなりました。あたしの技術なら、お茶の子さいさいってやつですか」

だが、言葉とは裏腹に、大山の額には玉のような汗が浮かんでいた。それは、さしもの大山でさえも、この仕事が緊張感に満ちたものであり、かつ、奇跡的にこの短時間で完遂できたのだということを、示していた。

ハッキングした資料を、すぐさま大山が、ポータブルプリンタから印刷する。

それを見た田丸は——。

「ありがとう、大山。やっと摑《つか》んだぞ」力強く言った。「本当の、裏切り者の尻尾《フェアリー・テイル》をな」

12

夕刻——。

今は人気のない、警視庁のある一室。

広々とした会議室だ。テーブルと椅子は端に寄せられ、窓に下げられたブラインドの向こうでは、オレンジ色の夕日が静かに輝いているのが見える。

その窓際に、ひとりの男が立っていた。

黒のスーツに黒のネクタイの男——田丸だ。

田丸は、ポケットに手を突っ込んだまま、無言でブラインドの外に目を細めている。

いつもは若々しい田丸の顔付きに、しかし今は、深い翳《かげ》が下りている。それは、今からこの場所で起ころうとすることに対する、憂いの表れだろうか。

そんな、田丸だけが佇《たたず》む会議室に——。

コン、コン。

ノックの音が響く。

田丸は、顔を上げると、小さく答えた。「……どうぞ」

ややあってから、カチャリと音がしてドアが開き、その人物が姿を現す。

何かを警戒するように、一度部屋の中を見回すと、静かな動作で会議室へと入って来たその人物は、後ろ手でドアを閉めると、小さいが、明瞭《めいりょう》な声で言った。

「ん？ ……田丸さんだけ？」

「ああ」田丸は、その人物をじっと見つめたまま頷《うなず》いた。

「どうしたんです突然、内線でこんなところに呼び出したりして」その人物は、闇夜の猫のような足取りで、そろりそろりと田丸に近寄った。「何の用かは知りませんが、忙しいので、できれば手短に」

田丸は、一拍置いて言った。「一昨日《おととい》の事件のことだが」

「ホテルジャックの件？　あれ……本当に大変な事件でしたね」その人物は、悲しげに目を伏せる。「妹尾さんも、まさかあんなことになるなんて」

「……残念か」

「ええ。もちろん残念ですし……心から、無念です」

「そうか」田丸はそう言ったきり、数秒、じっとその人物の目を見る。

「……何？」田丸が見ていることに気づいたその人物は、眉根《まゆね》を寄せ、田丸を見返した。

その視線は、怪訝《けげん》そうで、それでいて奥底には強靭《きょうじん》な意志をも感じさせるもの。

だから――。

田丸は、ひとり納得すると――おもむろに、言った。

「お前がこの事件の本当の犯人なんだろ？　高石」

＊

「……え？」

きょとんとしたような表情を浮かべる、高石。

だが、片方の眉《まゆ》の上が、僅《わず》かに痙攣《けいれん》しているのを、田丸は見逃さない。

しばし田丸と視線を合わせた後、高石はふと、口元に薄い笑みを浮かべた。「……何言ってるの？　田丸さん」

「お前自身が一番よく知っていることだろ」

「……………」突き放すような田丸の言葉に、再び黙る高石。

その挙動は落ち着いているようでいて、無意識のうちにだろうか、少しずつ会議室のドアへと後ずさっていた。だが――。

「どこへ行く？」高石の背後から、声がする。

はっとして振り向く高石の目の前に、彼らがいた。

すなわち――稲見、樫井、大山、そして吉永の四人だ。四人はいつの間にか、会議室の入口を塞《ふさ》ぐようにして立ち、それとなく高石の退路を断っていたのだ。

再び、稲見が言う。「まだ話は終わってないぜ。高石ちゃん」

「……………」

ちゃん付けはやめて――そんな文句も、もう高石からは聞こえない。

口を真一文字に結んだまま、稲見たちを睨《にら》み付けるように見ていた高石は、ややあってから再度、顔を田丸のほうへと向ける。

「お前は、狡猾《こうかつ》だ」そんな高石に、田丸は静かに言う。「すべての真実を包み隠したまま、この事件からフェードアウトしようとしている。お前はおそらく、ただ事件に巻き込まれただけの一刑事を演じ続けるつもりだったのだろう。だがそれは許されることじゃない。少なくとも、俺たちが許さない」

「さっきから何？　田丸さんも……皆《みんな》も」困惑したような声色で答える、高石。だがその顔つきは、狼狽《ろうばい》とはほど遠く、険しい。

「誤魔化そうとしても無駄だぜ？」稲見が、背後から言った。「すべてのからくりはもう解かれている。俺たちはもう知っているんだ。倉橋たちも妹尾も犯人じゃなく、ただ陥れられた気の毒な連中で、その裏で糸を引いていた君こそが、真の黒幕であったことをね」

「…………」

「そうだ。もうお前は、自分で真実を話すしかない」

田丸が促すと、高石は――。

「一体何を言っているのかしらね」最後の足掻《あが》きのごとく、白を切る。「私が犯人？　正直びっくり。しかも、あたしが妹尾さんを陥れたなんて……信じられない。っていうか、信じる人がいる？　だってそうでしょう、妹尾さん、あたしの上司だったの

「待て」ピシャリ、と田丸が高石を遮った。

「それは違うだろ、高石」

「違うって、何がよ」

「妹尾は、君の上司じゃない」

ぴたり――と高石の動きが止まる。

その静止が、決して驚愕《きょうがく》によるものではないと、稲見にも、田丸にもわかっていた。

驚いたときには必ず起こる身体の挙動、すなわち動悸《どうき》、揺れ、呼吸、震え、それらのすべてが、今の高石には見られなかったからだ。

すなわち、高石のそれは、まさしく訓練された静止なのだ。

それを裏付けるように、今の高石の表情には、一切の狼狽が浮かんではいなかった。

感情を排した冷やかで無慈悲な表情は、十分に訓練された人間だからこそ、できるもの。

自らの正しさを確信しつつ、田丸は、無言の高石に、一枚のペーパーを差し出す。

細かい文字でびっしりと埋められたそれは、先日大山がハッキングして入手した資料。

「……これ、何？」

「君の履歴だ」しれっと問う高石に、田丸は言う。「知らないとは言わせない」

「……………」高石が再び、資料に目を落とす。

この資料こそ——警視庁刑事部捜査一課所属の巡査部長、高石瑞穂の、本当の履歴書。

特捜班の上局、警察庁警備局のサーバをハッキングすることで入手した、彼女の本当の経歴を示すものだった。

田丸は、あくまでも静かな口調で続ける。「……公安の警察官は、長期の潜入捜査を行うとき、経歴をすべて抹消する。そいつが警察組織にいたという証拠そのものを消す。だが、最低限の記録だけは、極秘資料として残る。……それが、そうだ」

田丸はペーパーを指し示すと、続けた。

「潜入捜査は通常、過激派やカルトに対して行うものだが、必ずしもそれだけに留《とど》まるものじゃない。情報収集や工作活動のメリットがある限り、あらゆる組織に潜り込む。ほかでもない、警視庁の中にさえな」

「……つまり？」

「高石。君は捜査一課の刑事じゃない。本当は、警察庁所属の公安警察官。すなわち……内部スパイだ」

「………………」高石が、無表情のまま、再び口を閉ざす。

そんな高石に、稲見が言った。「もっと早くに気付くべきだったね。なんで作戦が筒抜けなのか？　どうして十三士が武器を持てたのか？　倉橋が俺を『極真空手の師範代』と勘違いしていたのはなぜか？……俺たちの会話を聞いていたのは、妹尾さんだけじゃなかった。お前もだった。つまりお前こそが、倉橋に俺たちの情報を提供していた裏切り者、坂東馨を騙《かた》り、倉橋たちを操り、ホテルジャック事件を起こした張本人だったんだ」

「もちろん十三士は、君が坂東だとは知らなかった」田丸が続けた。「倉橋でさえ、自分が捕《ほ》捉《そく》した女が心酔する坂東馨その人だとは気付かなかっただろう。誰にも正体を明かさない。これがスパイの鉄則であることは、公安のお前ならよく知っているはずだ」

「今さらわかったよ」樫井が、ぽつりと言った。「俺は、君が嘘を吐いていることに気づいてた。それは、稲見を嫌いじゃないのに、嫌いだなんて嘘を吐いていることだと思ってた。でも違った。本当は、君は俺たち全員に、最初から壮大な嘘を吐いていたんだね」

「お前の目的も、お前が考えていることも、俺は知らない。知ろうとも思わない」田丸が続ける。「だが確かなのは、お前が公安の人間でありながらスパイとして捜査一課に籍を置き、そして、おそらくは命を受け、この事件を起こしていたってことだ」

違うか？　高石。そんな田丸の問い掛けに、当の高石は——。

「……ふーん、そうなんだ」顎《あご》を上げると、高石は、そんなことはわかっていると言いたげに微笑した。「ほんと、面白いことを言うのね。田丸さん」

「認めるんだな」

「まさか」一瞬破顔すると、高石は肩を竦《すく》めた。「イエスともノーとも、決して明言しないのがあたしたちの流儀。あなたなら知ってるでしょ？ ……田丸さん」

「………」逆に問われ、田丸は思わず言葉に詰まった。

確かに、田丸は知っている。この世界は、イエスもノーも、白も黒も、あるいは敵も味方もない、すべては灰色の世界なのだと――。

それでも田丸は、すぐ気を取り直し――あるいは自らの逡巡《しゅんじゅん》を誤魔化すように――問う。

「……後ろめたくないのか？」

「後ろめたい？ 誰に対して？」

「もちろん皆に対してだ。お前を信じた倉橋と、十三士。捜査一課や妹尾まで裏切って、その命を奪った。……罪悪感は、ないのか」

「別に？」高石は、肩を小さく竦めた。「どうとも思わないわ。そもそも妹尾さんを殺したのはあたしじゃないし。証拠品を妹尾さんの家にバラ撒《ま》いたのもね。それもたぶん、別の人間の仕事」

「それでも、お前が殺したようなものだ」

「乱暴な理屈ね。でもまあ、そうだとして」やれやれと言いたげに、手のひらを上に向け、高石は言う。「だから何だって言うの？　国家を護《まも》る、それがあたしたちの仕事でしょ？　あたしはそれを忠実にこなしただけ。それ以上でもそれ以下でもないの。ましてや心が動く理由もない」

「皆はお前を信じたんだぞ？」稲見が、詰め寄る。「その信頼を反故《ほご》にしても構わないってのか？　マジでそんなふうに考えてんのか、お前は！」

だが、高石は――。

「ほんと、びっくりした」困ったような笑顔で言った。「あなたたちって、思った以上に情緒的なのね。いい加減身に染みてるんでしょ？　人は容易に人を信じる。でも同じだけ人は簡単に人を裏切る。どれもよくあることじゃない。こんなの、本当にいくらでも転がってる話だと思うけど？」

「作り話を信じたほうが悪いって言うのか？」

「いい悪いじゃなく、普遍的だって言いたいの。いい？　そもそも、あなたたちは目の前の話がどこまで本当か、考えたことがある？　アポロは本当に月へ行った？　エルヴィス・プレスリーは本当に死んだ？　神仏は存在する？　民主主義は理想的？　……ほら、あなたたちだって信じ込まされているじゃない。よくできた作り話《フェアリー・テイル》をね」

「それは……」

「でも、そんな作り話のために人は何万人も死ぬ。私はね、もうそんな悲劇はこりごりなの。だからあたしは……」高石はふと、神妙な眼差《まなざ》しを浮かべた。「国家を護る。作り話を真実にするために。欺瞞《ぎまん》でもいい。腐っていてもいい。それを護り尽くしてから……壊せばいい。作り話に振り回される可哀想な子供を、これ以上出さないためにね」

「…………」

「いずれにせよ」高石は咳払《せきばら》いをひとつすると、再び、先刻までの飄々《ひょうひょう》とした態度に戻って続けた。「あなた方が言っていることには、証拠がないわ。唯一の証拠だって、不法にハッキングしたもの。だから、私はもうこれ以上、是とも非とも言わない。明言しない……さっきも言ったけれどね」

それが流儀──そう言うと高石は、魅力的な笑みを、口の端に浮かべた。

＊

そして──。

「……もう、いい？」それだけを言うと、高石は、会議室を去ろうとした。

「待てよ」慌ててその行く先を遮る稲見。「話は終わってないぞ」

「終わってない？　……そうなの？　田丸さん」背後の田丸を振り返る高石。

だが、田丸は――。

「…………」苦い表情で、ただ緘黙《かんもく》を貫くのみ。

「ってことみたいだから、あたしはこれで」

再び歩き出そうとした高石を、稲見は再び、今度は無言で遮った。

そんな稲見に、高石は言う。「逮捕するの？」

「…………」

「そうよね。それは無理」答えられない稲見に、さも面白そうな口ぶりで、高石は続けた。「あたしに関する証拠は、すでに綺麗《きれい》さっぱり何もかもなくなっている。公安にいるあなたたちなら、よく知っているでしょ。それでなくとも、同じ公安のあたしを逮捕しようなんて、あなたたちのボスがいい顔しないものね。逮捕なんかできない。できるはずがない」

「…………」稲見は――やはり答えられない。

稲見だけじゃない。特捜班の誰もが図星を指され、答えられない。そんな特捜班を――。

「今度こそ、じゃあね」一瞥《いちべつ》すると、高石は颯爽《さっそう》と一歩を踏み出した。

その歩みを、今度は誰も止められない。

高石が会議室のドアを開け、今にも出て行こうとする、その瞬間――。

田丸が、問う。「好きなのか。ワーグナー」

その一言に、高石は一瞬だけ足を止めると――。

「ええ」後ろを振り向きもせずに言った。「勇壮だもの。それに」

「……それに？」

「裏切らないからね。音楽だけは」

――パタン。

ドアが閉まると、高石の姿は、特捜班が呆然《ぼうぜん》と佇《たたず》む会議室から、幻のように消え去った。

嘘のような静けさの中、ややあってから――。

「……おそろしく強いな。あの子」目を細めつつ、稲見が呟《つぶや》く。

その独り言のような言葉に、田丸もまた、誰にともなく答えた。

「いや、光が見えているだけさ。彼女には」

13

ちょうど、一週間が経った。

高々七日。だが季節の移ろいは速く、コンクリートに覆われた東京だからこそ、その変化はなお顕著に、茂りゆく葉、咽《むせ》るような湿度、そして街ゆく人間の衣服に現れている。

だが、マスコミは今もなお、あの事件を報道していた。

『横浜宿泊施設ジャック事件』――どこかからの力でジーホテル・ベイの名が消されたあの事件は、首謀者である倉橋を始めとする十三人の学生の個人情報と併せて、家族関係、友人関係、幼少期のエピソードから思想、洗脳の経緯に至るまで、重箱の隅を突《つっ》くようにして連日、その詳細がワイドショーで分析されていたのである。

だがその一方で、本来ならば報道されるべきこと、あるいは大事件となるべきニュースの時間が、それにより失われていることもまた、事実だった。すなわち――。

財務次官の不祥事の鎮静化と、財務大臣への批判の鎮静化。

立誠会を経済的に支援していたという、野党政治家の失脚。

日米関係を強化する有事特別措置法の、混乱に乗じた成立。

事件前は誰もが関心を持って見ていたあらゆるものが、どれも人々の興味の外に置かれるうち、すべてが解決されていたのである。

「……ほんと、何もかもうやむやになっちゃったね」特捜班のオフィス。がちゃがちゃと喧《やかま》しさだけが際立つ昼のバラエティ番組をリモコンでオフにすると、大山は四人に言った。「社会がどうの、日本がどうの、あれだけ騒いでいたのがどこ行っちゃったのって感じ」

「そういうもんさ」吉永が答える。「人間っていうのは、記憶のバッファが思っているよりも小さくできている。どんなに興味を持っていても、それ以上に興味のあることで上書きされたら、すぐ前のことすら忘れてしまう」

「人為的な上書きですけどね。でもそのお陰で、例の財務大臣も一切お咎《とが》めなし。うーん、なんだか許しがたいなー。あんな滅茶苦茶やった大臣なのに」

「その分次官がとばっちりだ」大山の言葉に、吉永が続ける。「口利きは大臣指示なのに、まったく気の毒なもんだ」

「財務次官を含む幹部が、あらかた更迭されたとか」田丸が言った。

「ああ。しかもその後釜《あとがま》に就いたのがほとんど、我が警察幹部の大量出向者ってなあ……」

まったく、できすぎてるぞ――と、吐き捨てるように吉永は呟いた。

そんなやり取りを、終始無言で聞いていた稲見は――。

確信していた。

この結末は――すなわち、動揺していた国家を鎮静化しただけでなく、より盤石なものとした上で、政治家にも少なくない貸しを作り、かつ警察が財務より上手に立つ形となったこの結末は、まさしく、あの人が初めから狙っていたものに違いないのだということを。

だから――。

「……俺、ちょっと行ってきます」突然、稲見は席を立った。

「稲見くん、どこ行くの？」樫井が呼び止める。

だが稲見は、樫井を一瞥しただけで、何も答えずオフィスを出て行った。

「俺もついて行きます」すぐさま田丸が、追い掛けるように席を立つ。

風が吹き抜けるがごとく、稲見と田丸、二人の姿が特捜班のオフィスからいなくなる。

大山は腕を組むと、二人が出て行ったドアを見つめながら言った。「班長、あれ、ほっといていいんですか？」

「よくないな。だが……」眉間《みけん》に深い皺《しわ》を寄せる吉永。

その語尾は、聞こえない。

だが大山も、樫井も、その聞こえない語尾の意味を十二分に察していた。すなわち――。

よくないな。だが――放っておけ。

*

警察庁。

全国の県警本部、及び警視庁とは、建前上別個に作られた組織でありつつ、その実は監察、指導を行う、全国警察の統括機関であるが、多数のキャリア官僚で構成され、各県警や警視庁に幹部として赴任するのだから、性質としては「統括する」と言うより「君臨する」と言ったほうが相応《ふさわ》しい。

したがってその幹部級である警備局長室が、常人には立ち入りがたい威圧感に満ちているのは、言うまでもないこと。

そんな警備局長室のドアを、今、稲見はノックしていた。

「……誰かね」分厚いドア越しにも明瞭《めいりょう》な、柔和だが太い声が返る。

鍛治だ。

ごくりと無意識に唾《つば》を飲み込みつつ答える。「稲見です。……田丸もいます」

「ほう、特捜班か」なぜだか嬉《うれ》しそうな声色で、鍛治は言う。「入りたまえ」

「失礼します」

――ドアを、開ける。

稲見は、思わず目を細める。光が、溢《あふ》れた――ように思えたからだ。

だが、そこは薄暗い局長室。ただ、輝度が高いLED照明が輝くのみ。

錯覚？――戸惑う稲見に、巨大なデスクの向こうに悠然と腰掛ける鍛治が言った。

「悪いな、先客があるが気にするな」

その言葉に、稲見は改めて気づく。

応接用のソファに、青沼もいて、じっと稲見たちを見ていることを。

「ちょうど打ち合わせ中でね。しかも偶然、お前らのことを話していた。だからもちろん、お前らの用事を優先するぞ」鍛治が、にやりと口角を歪《ゆが》める。「……で、どうした？　何か言いたいことでもあるのか？」

威圧的な口調。「鍛治さん。竦《すく》みそうになる足を、あえて逆らうように一歩前に出しつつ、稲見は問う。「鍛治さん。あなたはすべて、知っていたんですか？」

鍛治は、片方の眉《まゆ》を上げて答えた。「何のことだ？」

「ホテルジャック事件のことです」

「ああ、横浜の宿泊施設の一件か。お前らも大変だったろ、十三人も相手にしてな」

「誤魔化さないでください」横から、田丸も加勢する。「あなたは各都道府県の公安を統括する警備局のトップです。あの事件の本当の形を、知らなかったわけがない」

「本当の形？　何のことだ？」

「高石瑞穂。ご存知でしょう？　あなたの直属の部下である彼女の名は」

「………」沈黙する──鍛治。

青沼もまた、追従するように口を噤《つぐ》んだままだ。

そうして、睨《にら》み合うこと十秒。遂に焦《じ》れたように、稲見が言う。

「何もおっしゃらないんですか」

「何を言えと？」

「説明してくれないんですか」

「説明？　はっ」弾《はじ》けたように、鍛治は笑った。「説明したところで、納得するか？」

「それは……」今度は、稲見と田丸が口を閉ざす。

そんな二人に、鍛治は、なおも悠然と言葉を続ける。「初めからわかっているのだろう？　俺のところに来ても無駄だと。それは田丸、お前が一番よく知っているはずだ。お前らがそう感じたときには、俺はすでにあらゆる防御策を取った後だということくらいな。……高石瑞穂。確かにそういう名前の人間は、日本中を探せばどこかにひとりくらいいるだろう。だが、少なくともこの警察組織には、そんな名前の女は存在しない。過去も、現在も。そして、未来もな」

「………」

「……で？」鍛治は、おもむろに問う。「お前らの目的は、俺に何かを問うことじゃない。……話せ。言いたいことがあるんだろう？」

すべてを見透かすような、鍛治の恫喝《どうかつ》にも似た言葉――。

「鍛治さん」稲見は、内心の恐怖を抑えつつ、ややあってから言う。「俺らの仕事って……一体何なんですか。俺らの仕事にはどんな意味があるんですか」

「意味を求めないのが、お前らの仕事だ」

「わかってます、それは。でも……一体誰が救われたというんですか、あの事件で」

そう、あのホテルジャック事件で、誰が救われたというのか。

倉橋は、自らの信念と教義に殉じて、自ら命を絶った。

十三士もしかり。熱に浮かされるようにして、自らの人生をふいにした。

地下で射殺された民間人二名の命も、決して還《かえ》ることはない。

そして――妹尾も。

何の罪もない妹尾もまた、自ら何も知らされないまま、この世から抹消されたのだ。

もちろん、人質となった五五〇人の命は救われたと言えるかもしれない。だがそれは、よく考えてみれば、そもそも危険に曝《さら》される必要さえなかった命である。

すなわち、誰かの思惑によって起こされ、その誰かの思惑どおりに鎮められた事件において、救われた者など、誰もいないのだ。だから稲見は――。

言った。

「誰も救われない事件を解決して、俺たちは……何を救ったと言えるんですか」

そんな稲見の、心の叫びにも似た言葉に、鍛治は——。

「わからないか？　お前らが救ったのは」溜《た》めるような一秒を挟んで、言った。「国だ」

「……国？」

「そうだ。国だ」眉を顰《ひそ》めた稲見に、鍛治は大きく頷《うなず》いた。「お前らはこの日本という国を救ったんだ。ホテルジャックを解決し、テロリズムには屈さない。そんな強い日本を世界に示したんだ。それを救ったと言わずして何と言う？」

「それは……」——詭弁《きべん》だ。稲見は率直にそう思う。

テロリズムには屈さない強い日本を世界に示した？　違うだろ。

糾弾されていた悪を、事件の陰に隠して誤魔化したんだろ。

だが、そんな心の叫びも、稲見の口からは出ない。

出てこないのだ。まるできつく閉ざした門のごとくに、真一文字に結んだ口からは。

「お言葉ですが、局長」そんな稲見の代わりに、田丸が言った。「俺たちが救ったのは国じゃない。国家と、そこにぶら下がる権力者です。国とは人がいてこそのもの。人をないがしろにしておきながら、なぜ国を救えたなどと言えるんですか」

だが、鍛治は——。

「それは違うぞ。田丸」微笑するように——あるいは鋭く牙《きば》を剝《む》くように——歯を見せた。「国とは人がいてこそのもの？　逆だ。人がなくとも国は存在する。むしろ、国なくして人が存在し得ない。国家も然《しか》りだ」

「待ってください、それこそ」

「あり得ないと？」鍛治が、田丸をピシャリと制した。「よく考えろ田丸。本当にそうか？　本当に国は人がいてこそのものか？　ならばなぜ、人はいつもあれほど『祖国』に拘《こだわ》る？　ユダヤ人の帰還運動《シオニズム》はなぜ起こる？　そもそも日本人はなぜ日本人なんだ？　それこそ日本という国家に庇護《ひご》されて育ったからじゃないのか？」

「しかし……」

「抗弁は許さん。いいか田丸、そして稲見。お前らが護《まも》っているのはこの国だ。お前らが言う国家だ。たとえ非道で、悪辣《あくらつ》で、腐臭を放つ泥船だとしても、お前らの仕事は、この日本という国と国家を護ることだ。たとえ、それで何千何万の人間が死んだとしても」

「…………」

田丸も、稲見も——もう言葉が続かない。

いや、本当は言いたいことがいくつもあった。国家という腐った存在を、人間という存在よりも上位に置くことはできない。そのための犠牲を厭《いと》わないなどあり得ない。

日本人は日本という国家に帰属させることでしか存在し得ないというのも納得などできない。

だが――それでもなお、言葉が出ない。

それは、なぜか。

奇《く》しくもそのとき、田丸と稲見は、同じ感情に支配されていた。

俺が――俺たちが、無力だからだ。

すなわち、果てしない無力感。あるいは、徒労感。または――やりきれなさ。

自力では如何《いかん》ともしがたいこの感情は、徐々に侵食するように心を腐らせ、やがてはどす黒い不審へと変わっていく。それが、鍛治をはじめとする公安上層部へのものか、それとも、生死を共にし続けている同僚たちへのものかはわからない。だが――。

その禍々《まがまが》しい黒い霧の存在を、二人はまだ、はっきりと自覚してはいない。

二人は――稲見と田丸は、今は、まだ。

＊

険しい表情のまま、無言で局長室を去る、稲見と田丸。

その後ろ姿が、ドアの向こうに消えるまで見送ると――。

「……いいんですか、局長」青沼が、鍛治に問う。「あいつらの考え方は、今後の禍根になります」

「禍根？　それは違うぞ」顎《あご》をさすりながら、満足げに言った。「むしろ試金石ってやつだ。俺たちは歓迎すべきだぞ、あいつらの成長をな……それより青沼。あいつら案の定、俺が思ったとおりに実行したな」

「実行？　何をですか」

「わからないか？」ニヤリと口角を上げると、鍛治は言った。「ハッキングだよ。公安のサーバだ」

その一言で青沼の顔色が変わる。

即座に理解したからだ。

国防の要《かなめ》、公安のサーバである。たとえ大山のような天才的ハッカーが相手であっても、そう簡単に侵入を許すほど脆弱《ぜいじゃく》ではない。にもかかわらず、大山があっさりハッキングに成功したのはなぜか？

鍛治は、あえてシステムに穴をあけていたのだ。特捜班のために。

なぜそんなことをしたのか？

それも自明だ。収集させるためだ。高石という内部スパイの情報を。

そこまでを読んで、鍛治はすべての布石を打っていたのだ。

畏怖《いふ》にも似た震えを身体の芯《しん》に覚えつつ、青沼は、一拍置いて問うた。

「……局長の目的は、権益の取得ですか」

「ん？　どういう意味だ？」

「この事件で我々が得たものは、幾つもあります。政治家連中への貸し、財務サイドへのイニシアチブ、敵対勢力の抹消。有形無形、巨大な利益を、局長は手に入れています」

「そのために俺がこの事件を起こした。君はそう思うのか」

「……はい」

おそるおそる、小さく頷く青沼に、鍛治は――。

「残念だが、青沼くん」くるりと椅子を回転させると、青沼に背を向けた。「それは単なる副産物だ。俺は、そんなチンケなもののために動きはしない」

「違う、のですか」

「ああ。どれもこれも、目先の小さな利益じゃないか。……いいか青沼、もっと想像力を働かせてみろ。……この事件が、どんな結果を生み出したかを」

「どんな結果を、生んだか……？」

「そうだ。わからないか」

「……はい」

「そうか。ではヒントをあげよう。この間、国会でどんな法案が通った？」

「法案……あっ！」ようやく、気づいた。

国会をどさくさに紛れて通過し、成立したあの法案。

通常は外務省所管の法案に、警察庁も関わっていたのは、そこにNシステムの拡充条項が盛り込まれているからだ。

Nシステムとは、一般道、ないし高速道路に設置された、自動車のナンバーを自動で読み取る装置群で、ある意味では「国民の動きを監視するもの」である。

そして拡充条項においては、それを一歩押し広げ「赤外線装置等、あらゆる装置を用いた追跡等を行うこと」を可能としていた。つまりこの条項は、読み方によっては、盗聴、盗撮、諜報《ちょうほう》を正当化し、国民監視の度合いを高めることを可能としているのだ。

これが成立した現在、この条項に基づき、公安警察は何ができるか。それは——。

より精度の高い、スパイ活動。

だから青沼は思う。まさか鍛治は、このために暗躍していたというのだろうか。

だとすれば——。

「さあ、もうわかったかな？　青沼選手」

「…………」

鍛治のにこやかな問い掛けに、青沼は、首を縦にも横にも振らず、ただ、無言を貫く。

金言の真意を、青沼はすでに知っているからだ。すなわち――。

沈黙は、金。

そんな、ただただ口を閉ざす青沼を見て、鍛治は――。

「……よし、よし。いい心掛けだ」

そう言うと、何度も満足げに頷《うなず》いた。

＊

局長室から、青い顔の青沼が去っていく。

後に残されるのは、警備局長である鍛治、ただひとり。

しばしデスクの前、黒い革張りの椅子に、悠然と腰掛けていた鍛治は――。

ふと何かを思い出したように、静かに立ち上がると、法令集を収めた本棚に近づいた。

そして、その端に目立たないように置いたコンポのスイッチを、そっとオンにする。

回り出すCD。やがて、その電気信号はアナログ音声へと変えられ、部屋のどこかに置かれたスピーカーから解き放たれる。

それは――オペラ。荘厳な印象を持つ、ドイツ語で歌われる楽曲。
すなわち、ワーグナー作曲『ニーベルングの指環《ゆびわ》』序夜『ラインの黄金』第4場――。

Wie durch Fluch er mir geriet, verflucht sei dieser Ring!
Gab sein Gold mir Macht ohne Mass, nun zeug' sein Zauber Tod dem, der ihn trägt!
Kein Froher soll seiner sich freu'n; keinem Glücklichen lache sein lichter Glanz!
Wer ihn besitzt, den sehre die Sorge, und wer ihn nicht hat, den nage der Neid!
Jeder giere nach seinem Gut, doch keiner geniesse mit Nutzen sein!
Ohne Wucher hüt' ihn sein Herr; doch den Würger zieh' er ihm zu!

――呪いで指環を作ったように、この指環もまた呪われよ！
――無限の力をもたらす指環よ、主《あるじ》に死を与えたまえ！
――陽気な者も喜ぶことはなく、幸福な者にも光は微笑《ほほえ》まぬ！
――持てば不安に苛《さいな》まれ、持たざれば嫉妬《しっと》に苦しめ！
――誰もが指環を渇望しようとも、しかし誰にももたらすな！
――持ったとしても与えられず、しかも死の神にまとわりつかれよ！

悲嘆に暮れる「彼」の、朗々たる詠唱。それは寄せては返す波のごとく繰り返し、やがては憎しみとともに増幅しながら、旋律はより高みへと駆け上がっていく。

その頂点で「彼」は——戦争と死の神ヴォータンに指環を奪われ、火の神ローゲにもあしらわれるように放逐された闇の主アルベリヒは、天に向かって呪詛《じゅそ》のごとく叫んだ。

Dem Tode verfallen, fessle den Feigen die Furcht:
so lang er lebt, sterb' er lechzend dahin, des Ringes Herr als des Ringes Knecht:

——死すべき卑怯者め、おののくがいい!

——命の果てに渇いて死ね、指環の主は奴隷となれ——。


そこまでを、じっと椅子に凭《もた》れつつ、目を閉じて聞いていた鍛冶は——。

「なるほど、アルベリヒの呪いか。それも面白い。だが……」呟《つぶや》くと、ニヤリと口角を上げた。「俺は、ヴォータンの轍《てつ》は踏まん」

14

オフィスの屋上。

普段は強い潮風で噎《む》せ返りそうになるこの場所も、今は静かに凪《な》いでいるのは、日が沈み掛ける時刻だからか。

フェンスに凭れるようにして、じっと静かな東京湾を眺めているのは、二人。

稲見と、田丸。

示し合わせたわけでもないのに屋上で鉢合わせした二人は、先刻からずっと、お互いに何を話すでもなく、綺麗《きれい》とは言えない東京湾の海面を見つめていた。

二人の表情は、険しかった。

その深く刻まれた皺《しわ》と翳《かげ》の間に詰まるのは、彼らの悲壮感にも似た思いだろうか。

「ねえ、田丸さん」先に口を開いたのは——稲見だった。「田丸さんは覚えてる？　高石ちゃんが最後に言った言葉」

「…………」数秒の間を置いて、田丸は答える。「俺たちも、作り話を信じ込まされているって、あれか」

——ほら、あなたたちだって信じ込まされているじゃない。よくできた作り話《フェアリー・テイル》をね。

「うん、それ」稲見は頷く。「俺さ、あれからずっと考えてたんだけれど……やっぱりそう思うんだよね」

「何をだ」

「高石ちゃん、強いけれど……滑稽《こっけい》で、可哀想だなって」

「滑稽で、可哀想？……どういうことだ」

「あいつさ、『国家を護《まも》る』って言ってただろ。でも、国家こそ目に見えない、実在しないもの、つまり最大の作り話《フェアリー・テイル》だと思う。だとしたら、作り話を信じていると俺たちのことを非難する、当の彼女が、そんな作り話を護ろうとしていることになる。でも……彼女はそれに気づいていない。これって……滑稽で、可哀想なことだよね」

「……………」田丸は、答えない。

だが、答えないことそのものが――強く、稲見の言葉に対する同意を示していた。

稲見は不意に、くるりと体を翻し、田丸に向かい合う。「田丸さん。俺、決めたよ」

「何をだ？」

「俺は、目の前にいる現実の人を救うことにした」白い歯を見せながら、稲見は言った。「それが、必ずハッピーエンドで終わるおとぎ話《フェアリー・テイル》の定石だしね」

「そうか。そいつは、いいな」一旦《いったん》は頷きつつ、しかし田丸はすぐ、忠告するように言った。「だが稲見。絶対に呑《の》まれるな」

「何に？」

「理想にだ。おとぎ話がいつもハッピーエンドとは、限らない」

「…………」

「任務を成功させても、人は死ぬかもしれない。目の前にいる人を救うことで、誰かが犠牲となるかもしれない。お前にとっての大切な人が。だが……稲見。それでもお前は、やれるか？」

稲見が、目を逸《そ》らす。

その所作が示すものは——逡巡《しゅんじゅん》。

だから田丸は、心の中で、稲見に問い掛けた——それが、俺たちの運命なんだぞ。誰かに裏切られるか、誰かを裏切る宿命にある、俺たちの——。

——と、そのとき。

ピピピピピ。

稲見のポケットの中で、スマートフォンが鳴る。

「電話だ。ごめん」田丸から逃げるようにそれを取り出すと、稲見は、素早くディスプレイの発信者を確認した。

「誰からだ？」

「……天使から」

「天使?」

「もしもし?」訝かしげな田丸を無視して、稲見は電話に出た。

『あ。松永です』その声は――松永芳。『あのー、稲見さん。今、お時間大丈夫ですか?』

「大丈夫だよ。今はオフだからね……どこかで水道管が破裂するまでは」

『24365ってやつですね。お仕事、お疲れさまです』

「ありがとう。……で、何かあった?」

『あ、いえ、その、何かあったってわけじゃないんですけど』もじもじするような口調で、芳は言った。『この間のこと、覚えてます?』

「この間? 何かあったっけ」

『はい。わたし、たぶん稲見さんに……ひとつ貸したと思うんです』

「ひとつ貸し? ……ああ」稲見は、思い出す。「うん。確かに俺、いっこ借りたね」

『あ、よかった! 覚えててくれた』嬉《うれ》しそうに、芳は続けた。『それでですね、そのー、いつ、私にその借りを返してくれるかなって。そんなお電話なのでした』

「……あー」

ちらりと、稲見は田丸を見た。

空気を読んだ田丸が、苦笑いを口元に浮かべると、そっと踵《きびす》を返す。

稲見はその背に小さく一礼すると、自分も田丸に背を向け——。

「……いいね。会おう」

『え？　あ！　はい！　是非とも！　いつにします？』

「これからは？」

『これから、ですか？　もちろんオッケーですけど……どこで待ち合わせます？』

「そうだね」芳の問いに、稲見は、フェンス越しに広がる穏やかな海に目を細めながら答えた。「いつもの４０８８６《バー》で」


（了）

本書は、金城一紀氏原案の設定をもとに、
周木律氏が書き下ろしたものです。

CRISIS《クライシス》
公安《こうあん》機動捜査隊《きどうそうさたい》特捜班《とくそうはん》

小説／周木《しゅうき》 律《りつ》　原案／金城一紀《かねしろかずき》

平成29年 3月25日　初版発行
令和6年 6月30日　6版発行

発行者●山下直久

発行●株式会社KADOKAWA
〒102-8177　東京都千代田区富士見2-13-3
電話　0570-002-301（ナビダイヤル）

角川文庫 20252

印刷所●株式会社KADOKAWA
製本所●株式会社KADOKAWA

表紙画●和田三造

●お問い合わせ
https://www.kadokawa.co.jp/（「お問い合わせ」へお進みください）
※内容によっては、お答えできない場合があります。
※サポートは日本国内のみとさせていただきます。
※Japanese text only

ISBN978-4-04-105393-5　C0193

◆◇◇

角川文庫発刊に際して

角川源義

第二次世界大戦の敗北は、軍事力の敗北であった以上に、私たちの若い文化力の敗退であった。私たちの文化が戦争に対して如何に無力であり、単なるあだ花に過ぎなかったかを、私たちは身を以て体験し痛感した。西洋近代文化の摂取にとって、明治以後八十年の歳月は決して短かすぎたとは言えない。にもかかわらず、近代文化の伝統を確立し、自由な批判と柔軟な良識に富む文化層として自らを形成することに私たちは失敗して来た。そしてこれは、各層への文化の普及滲透を任務とする出版人の責任でもあった。

一九四五年以来、私たちは再び振出しに戻り、第一歩から踏み出すことを余儀なくされた。これは大きな不幸ではあるが、反面、これまでの混沌・未熟・歪曲の中にあった我が国の文化に秩序と確たる基礎を齎らすためには絶好の機会でもある。角川書店は、このような祖国の文化的危機にあたり、微力をも顧みず再建の礎石たるべき抱負と決意とをもって出発したが、ここに創立以来の念願を果すべく角川文庫を発刊する。これまで刊行されたあらゆる全集叢書文庫類の長所と短所とを検討し、古今東西の不朽の典籍を、良心的編集のもとに、廉価に、そして書架にふさわしい美本として、多くのひとびとに提供しようとする。しかし私たちは徒らに百科全書的な知識のジレッタントを作ることを目的とせず、あくまで祖国の文化に秩序と再建への道を示し、この文庫を角川書店の栄ある事業として、今後永久に継続発展せしめ、学芸と教養との殿堂として大成せんことを期したい。多くの読書子の愛情ある忠言と支持とによって、この希望と抱負とを完遂せしめられんことを願う。

一九四九年五月三日

猫又お双《そう》と消えた令嬢

周木律

大学院生×猫又少女コンビが謎を解く!!

古長屋に住む大学院生の隆一郎。ある日、彼は懐いた野良猫の尻尾がふたつに分かれているのを見てしまう。驚く間もなく猫は喋った。「見たの?」茫然とする隆一郎の前で、猫は少女へと姿を変えた。彼女は猫又だったのだ。やがて、奇妙な共同生活を始めたふたりの元に、相談が舞い込む。ある名家に令嬢の誘拐予告が届いたというのだ。現場に出向くふたりの前で、令嬢は忽然と姿を消して——猫又少女に癒やされるライトミステリ!!

角川文庫のキャラクター文芸

ISBN 978-4-04-103179-7

猫又お双と一本足の館

周木律

猫又だらけの館で、殺ねこ事件発生!?

ひとつ屋根の下で暮らす、大学院生の隆一郎と猫又のお双。しかし、隆一郎に思いを寄せる女性が現れると、お双は姿を消してしまった。お双を捜す隆一郎はやがて、ヤムと名乗る猫又に、一本足で立つ不思議議な館へと招かれる。そこにはお双と、4匹の猫又がいた。お双の無事に安堵する隆一郎だったが、吹雪の山荘で過ごした翌朝、真っ白な雪原の真ん中で、倒れ伏したヤムが発見され——。猫又ライトミステリ、これにて完結!!

角川文庫のキャラクター文芸

ISBN 978-4-04-104118-5